当我们谈论爱情时
我们在谈论什么

〔美〕雷蒙德·卡佛 著

小二 译

WHEN WE TALK ABOUT

WHAT WE TALK ABOUT

Raymond Carver

LOVE

南海出版公司

新经典文化股份有限公司
www.readinglife.com
出 品

献给特丝·加拉格尔

本书作者很高兴能得到由约翰·西蒙·古根海姆基金会颁发的奖金和国家艺术基金会的资助。他也想向卡普拉出版社的诺埃尔·扬致以诚挚的谢意。

目录

Contents

1   你们为什么不跳个舞？

11   取景框

18   咖啡先生和修理先生

24   凉亭

36   我可以看见最细小的东西

43   纸袋

55   洗澡

68   告诉女人们我们出去一趟

82   在牛仔服之后

98   家门口就有这么多的水

111　第三件毁了我父亲的事

131　严肃的谈话

142　平静

151　大众力学

154　所有东西都粘在了他身上

165　当我们谈论爱情时我们在谈论什么

189　还有一件事

你们为什么不跳个舞?

厨房里,他又倒了杯酒,看着前院摆着的卧室家具。床垫被扒了下来,带有条纹图案的床单放在梳妆橱上摆着的两个枕头边。除此以外,其他东西与在卧室时的摆放一模一样——他那边的床头柜和台灯,她那边的床头柜和台灯。

他那一边,她那一边。

他一边喝着威士忌一边想着这个。

梳妆橱立在离床脚几英尺远的地方。那天早晨他已经把抽屉里的东西全都倒进了纸箱里,那几个纸箱在客厅里放着。梳妆橱边上摆着一个便携式取暖器。紧靠床脚的是一张上面放有装饰枕头的藤椅。擦得亮晶晶的铝制炊具占据了车道的一部分。桌子上盖着一块黄色平纹细桌布,桌布很大,从桌子的四边耷拉下来,是一件礼品。桌上放着一盆蕨类植物和一盒刀叉,还放着一部唱机，也是礼品。一台落地式大电视被安置在茶几上面，离它几英尺远的地方摆着一张沙发、一把椅子和一盏落地灯。写字桌抵着车库门放着。上面有几件厨房用具、一台壁钟和两幅装了镜框的画。车道上还放着一个纸箱子，里面装有咖啡杯、玻璃杯和盘子，每个都用报纸包着。那天早晨，他清空了壁橱，除了客厅里放着的三个纸箱外，所有东西都从房子里搬了出来。他拖了一根长电线出来，把所有电器都接通了。每件都能工作，跟在屋里时没两样。

不时会有辆车慢下来，有人往这瞧上一眼。但谁都没停下来。

他突然觉得，换了他，他也不会停下来的。

"肯定是在卖旧货。"女孩对男孩说。

女孩和男孩正在布置一间小公寓。

"看看床要多少钱。"女孩说。

"还有电视。"男孩说。

男孩拐上车道，将车停在餐桌前。

他们下车查看东西。女孩摸了摸平纹细桌布，男孩插上搅拌机的插头，把旋钮转到"切碎"那一挡，女孩拿起一口保温锅，男孩打开电视，稍稍调了一下。

他坐在沙发上看了起来。他点了根烟，往四周看了看，把火柴弹到了草地上。

女孩坐在床上，她脱掉鞋子，躺了下来。她觉得她看见了一颗星星。

"过来，杰克。试试这张床。拿个枕头过来。"她说。

"床怎么样？"他说。

"过来试试。"她说。

他往四周看了看，房子里漆黑一片。

"我觉得有点怪，"他说，"最好看看家里有没有人。"

她在床上蹦了蹦。

"先试试看。"她说。

他在床上躺下，把枕头垫在头下。

"你觉得怎么样？"她说。

"挺结实的。"他说。

她侧过身来，把手放在他脸上。

"吻我。"她说。

"我们起来吧。"他说。

"吻我。"她说。

她闭上眼睛,抱住了他。

他说:"我去看看有没有人在家。"

但他只是坐了起来,在原处待着,假装自己正在看电视。

街上左邻右舍的灯都亮了起来。

"会不会有点滑稽,要是……"女孩咯咯地笑了起来,没把话说完。

男孩笑了,但不知道为什么。也不知道为什么,他打开了台灯。

女孩拂走一只蚊子,男孩随即站起身来,塞了塞他的衬衣。

"我去看看家里有没有人,"他说,"不像有人的样子。但如果有的话,我就去问问价钱。"

"不管他们要多少,都砍掉十块。这个主意准没错。"她说,"此外,他们肯定很急迫或是之类的。"

"这是台很不错的电视机。"男孩说。

"问他们要多少。"女孩说。

男人拎着一个超市购物袋沿着人行道走来。他买了三明治、啤酒和威士忌。他看见了车道上的车和床上的女孩。他看见了打开的电视机和门廊上的男孩。

"嗨,"男人对女孩说,"你发现这张床了。很好。"

"嗨,"女孩说,站了起来,"我刚才只是试了试,"她拍了拍床,"床很好。"

"是张好床。"男人说,他放下袋子,拿出啤酒和威士忌。

"我们以为这里没人,"男孩说,"我们对这张床,或许还有这台电视机感兴趣。也许还有这张写字桌。这张床你想卖多少钱?"

"我本来想卖五十块。"男人说。

"四十块可以吗?"女孩问道。

"四十就四十。"男人说。

他从纸箱里取出一个玻璃杯,去掉外面包着的报纸。他打开了威士忌酒瓶的封口。

"电视机呢?"男孩说。

"二十五。"

"十五块可以吗?"

"十五块可以。十五块能接受。"男人说。

女孩看着男孩。

"年轻人,你们要喝一杯的话,"男人说,"杯子在箱子里。我得坐下了。我就坐在沙发上。"

男人在沙发上坐下,往后一靠,盯着男孩和女孩看。

男孩找出两个玻璃杯,往里面倒威士忌。

"够了,"女孩说,"我想往我的里面掺点水。"

她拉出一把椅子,在餐桌旁边坐了下来。

"那边的水龙头有水,"男人说,"打开水龙头。"

男孩端着掺了水的威士忌回来。他清了清嗓子,在餐桌旁坐下。他咧开嘴笑了笑,但没有喝酒。

男人盯着电视机。喝完后他又倒了一杯。他伸手打开落地灯。就在这时,他的烟从指间滑落,掉进了沙发垫里。

女孩起身帮他找烟。

"所以你想要什么?"男孩对女孩说。

男孩取出支票本,把它举到唇边,像是在思考着什么。

"我想要写字桌,"女孩说,"写字桌卖多少钱?"

男人冲这个荒谬的问题摆了摆手。

"你说个数吧。"他说。

他看着桌边坐着的他们。灯光下,他们的面孔看上去有点异样。是善是恶,一点也看不出来。

"我去把电视关了,然后放张唱片。"男人说,"这个唱机也卖。便宜。出个价吧。"

他倒出更多的威士忌并打开了一瓶啤酒。

"每样东西都出手。"男人说。

女孩递过杯子,男人往里面倒了一点。

"谢谢。"她说。"你真好。"她说。

"有点上头。"男孩说,"我头晕。"他举着玻璃杯,轻轻地晃了晃。

男人喝完酒后又倒了一杯,稍后他找到了装唱片的箱子。

"随便挑一张。"男人对女孩说,拿出那些唱片递给她。

男孩在写支票。

"这张。"女孩说,她挑了一张,随便地挑了一张,因为她并不认识唱片标签上的那些名字。她从桌旁站起来,又坐了下来。她不愿意一动不动地坐着。

"我就不写收款人了。"男孩说。

"没问题。"男人说。

他们听着唱片,喝着酒。然后男人换了张唱片。

年轻人,你们为什么不跳个舞?他本想这么说来着,随后他说道:"你们为什么不跳个舞?"

"我不想跳。"男孩说。

"来吧。"男人说,"这是我的院子。你们想跳就跳。"

手臂互相搭着,身体靠在一起,男孩和女孩在车道上来回摆动。他们在跳舞。曲子完了后,他们又跳了一支曲子,跳完后,男孩说:"我喝醉了。"

女孩说:"你没醉。"

"唔,我醉了。"男孩说。

男人把唱片翻了个面,男孩说:"我醉了。"

"跟我跳舞。"女孩先对男孩,然后对男人说道,当男人站起身时,她张开手臂走向他。

"那边的人,他们在看。"她说。
"没关系。"男人说。"这是我的地盘。"他说。
"让他们看去。"女孩说。
"就是。"男人说。"他们以为这里的什么都见过了。但他们没见过这个,不是吗?"他说。
他的脖子感受到了她的呼吸。
"我希望你喜欢你的床。"他说。
女孩闭上眼睛,又睁了开来。她把脸埋在男人的肩膀上。她把男人往近拉了拉。
"你肯定很绝望或是之类的。"她说。

几个星期后,她说道:"这家伙中年人的样子。他所有的东西都在院子里摆着。没骗你。我们喝多了,还跳了舞。就在车道上。噢,天啦。别笑。他给我们放唱片。你看这个唱机。老家伙送给我们的。还有这些烂唱片。你想看看这些破玩意儿吗?"

她不停地说着。她告诉了所有的人。这件事里其实还有别的东西,她想把它说出来。过了一会儿,她放弃了。

取景框

一个没有手的男人上门向我兜售我家房子的照片。除了那对镀铬的钩子外,他和一个五十岁左右的普通男人没什么差别。

"你是怎么失去双手的?"他说完他想说的后我问道。

"那是另一码事了。"他说,"你到底要不要这张照片?"

"进来吧。"我说,"我刚做了咖啡。"

我还刚做了点果冻。但我没有告诉这个男人。

"也许我要用一下洗手间。"没手的男人说。

我想看他怎样端住一个杯子。

我知道他怎样拿住相机。那是一台旧的宝丽来,很大,黑色的。他把它绑在皮带上,把皮带从肩上绕到背后再绕回来,就这样把相机固定在胸前。他会站在你房前的人行道上，从取景框里找到你的房子，用他的一只钩子按一下按钮，你的照片就会蹦出来。

我一直站在窗户后面观察，明白了吧。

"你刚刚说洗手间在哪儿？"

"往前，向右转。"

弯腰，弓背，他把身子从皮带里脱出来。他把相机放在沙发上，又把外套扯扯平。

"我不在的时候你可以看看这个。"

我从他那儿接过照片。

照片里有草坪一角、车道、停车棚、前门台阶、飘窗，还有厨房窗户，我就是从那里观察他的。

那么，我为什么会想要一张这幕惨剧的照片？

我凑近看了看，发现了我的头，我的头，在照片中的厨房窗户里。

这让我思考，看见自己那副样子。我可以告诉你，这让一个男人思考。

我听见冲厕所的声音。他沿过道走来，一边微笑一边拉拉链，一只钩子拉住腰带，另一只钩子往裤子里塞衬衫。

"你觉得怎么样?"他说,"可以吗?我个人认为照得不错。我能不知道自己在干什么吗?说实话,这事得靠专家来做。"

他在裤裆处抓了一把。

"咖啡在这里。"我说。

他说:"就你一个人,是吧?"

他看着客厅。他摇了摇头。

"太难了,太难了。"他说。

他在相机旁边坐了下来,往后靠时叹了口气,笑起来的样子像是知道了什么但又不想告诉我。

"喝你的咖啡。"我说。

我在试着想能说些什么。

"有三个孩子来过这里,想帮我把门牌号漆在路缘上①。他们要一块钱。你大概不做这样的事情吧,对吗?"

---

① 美国很多州要求居民将房子的门牌号漆在门前的路缘上。这有利于消防和救护人员快速查找地址。

这话不太着调。但我仍然注视着他。

他装模作样地往前倾了倾身子，杯子平衡在他的钩子之间。他把杯子放在桌子上。

"我单干。"他说。"从来如此，将来也是。你在说什么？"他说。

"我是想看看这些事之间有什么关联。"我说。

我头疼。我知道咖啡对头疼没什么用，但果冻有时会有点帮助。我拿起了那张照片。

"我当时在厨房。"我说，"通常我在里屋待着。"

"总是这样。"他说，"所以他们就这么站起身离开了你，对吧？现在你碰上了我，我单干。所以怎么着？你要这张照片吗？"

"我要。"我说。

我站起身并端起杯子。

"你肯定会要的。"他说，"我，我在市中心租了个房间。还可以。我坐公交车出来，把周围街坊的活都干完后，就去下一个城市。你明白我说的吗？嗜，我曾经有过孩子。就和你一样。"他说。

我端着杯子等着，看着他从沙发上挣扎起身。

他说:"是他们让我成了现在这副样子。"

我仔细看了看那对钩子。

"谢谢你的咖啡和让我用洗手间。我同情你。"

他举起又放下他的钩子。

"告诉我,"我说,"告诉我价钱。再给我和我的房子照几张。"

"没用。"这个男人说,"他们不会回来了。"

但我帮着他把皮带绑上了。

"我可以给你个好价钱。"他说。"一块钱三张。"他说,"再低的话,我就要赔本了。"

我们来到外面。他调整了快门。他告诉我该站在哪里,然后我们就开始了。

我们绕着房子走。有板有眼的。有时我看向侧面。有时我看着正前方。

"很好。"他会说。"非常好。"他会说,直到我们围着房子转了一圈,又回到房子的前面。"二十张了。够了。"

"不够。"我说。"上房顶。"我说。

"天哪。"他说。他往街道周围看了看。"可以。"他说,"你现在来劲了。"

我说:"全部的家当。他们搬了个精光。"

"看这个!"男人说着,又举起了他的钩子。

我进屋里搬了一把椅子。我把它放在停车棚下面。但够不着。于是我又拿来一个木板箱,把它放在椅子上面。

在屋顶上待着感觉还可以。

我站起身来四处看了看。我挥挥手,没手的男人挥了挥他的钩子。

就在这时我看见了它们,那些石头。看上去像是盖住烟囱口的铁丝网上面的一个小小的石头鸟巢。你知道那些孩子的。你知道他们怎样往上扔石头,想把它们丢进你的烟囱里。

"准备好了吗?"我大喊,我捡起块石头,等着他在取景框里找到我。

"好了!"他喊道。

我把手臂向后伸,大叫一声:"来吧!"我使尽全力把那个狗日的扔得远远的。

"我不会,"我听见他在喊,"我不搞动态摄影。"

"再来!"我尖叫道,捡起另一块石头。

咖啡先生和修理先生

我遇到过一些事情。那时我正要去我母亲那儿待几个晚上。但当我上到楼梯顶层时,我看见她正坐在沙发上吻一个男人。当时正值夏天。门开着。电视也开着。这是我遇到过的其中一件事情。

我母亲六十五岁。她是一个单身俱乐部的成员。尽管如此,这还是让人难以接受。我扶着栏杆站在那儿,看着那个男人吻她。她回吻他,电视开着。

现在情况好些了。但那个时候,在我母亲和别人乱搞的那会儿,我丢了工作。我的孩子在发疯,我的老婆在发疯。她也在和别人乱搞。和她乱搞的家伙是一个失了业的宇航工程师,是她在匿名戒酒者协会[①]认识的。他也是个疯子。

[①] 匿名戒酒者协会(Alcoholics Anonymous)是美国的一个互助戒酒组织,酗酒者通过参加定期聚会达到戒酒目的。

他叫罗斯，有六个孩子。他走路一瘸一拐的，这归功于他第一任老婆给他的一枪。

真不知道那时候我们都在想些什么。

这个家伙的第二任老婆来了又走了，但给他一枪的是第一任老婆，因为他没付抚养费。我希望他现在一切都好。罗斯。这是个什么名字！但那时可不像现在这样。那些日子里我常提到武器。我会对我老婆说："我想去弄一把史密斯威森①。"但我从来没有付诸行动。

罗斯是个小个子。但也不算特别矮。他留着一撮小胡子，总穿着件一直扣到下巴的羊毛衫。

他的一任老婆曾把他送进监狱。第二任老婆干的。我从我女儿那儿得知，是我老婆保释的他。我女儿梅乐蒂和我一样对此很反感，保释这件事。并不是因为梅乐蒂在护着我。她没有护着我们中的任何一个人，无论是她母亲还是我。这只是因为关乎钱的问题，如果一部分钱去了罗斯那里，那么梅乐蒂就得不到那部分钱了。所以罗斯上了梅乐蒂的黑名单。而且，她也

---

① 史密斯威森（Smith & Wesson），一种手枪品牌。

不喜欢他的孩子,以及他有那么多孩子这件事。但总的来说,梅乐蒂觉得罗斯这个人还行。

他甚至还给她算过一次命。

这个叫罗斯的家伙没了固定工作后,就把时间花在修理东西上。但我从外面看过他的房子。那叫一个乱。到处堆放着破烂。院子里停着两辆坏了的普利茅斯[①]。

他俩刚好上那阵子,我老婆声称这个家伙收藏古董车。这是她的原话,"古董车"。但它们只不过是些破铜烂铁。

我有他的电话号码。修理先生。

但我俩有相同之处,我和罗斯,不光是有过同一个女人。比如,当那台电视机屏幕乱跳、不出图像时,他修不好。我也修不好。能听见声音,但没有图像。如果我们想了解新闻,就得围坐在屏幕前听。

罗斯和玛娜是在玛娜试图戒酒那会儿认识的。她当时正参加戒酒聚会,我估计,每周三到四次。我自

---

① 普利茅斯(Plymouth),一种汽车品牌。

己是去一阵歇一阵。但当玛娜遇到罗斯时，我正在狂喝滥饮。玛娜去参加聚会，然后去修理先生家帮他做饭和打扫卫生。他的孩子从来不管这些事。除了我老婆在那儿时，修理先生家连一个肯抬抬胳膊的都没有。

这一切都发生在不久以前，大概三年前吧。那段日子不太好过。

我离开了坐在沙发上的母亲和那个男人，开车在外面转了一会儿。回家后，玛娜去给我煮咖啡。

她去厨房煮咖啡，我等着她把水烧开。然后，我伸手去摸坐垫下面的酒瓶。

我想玛娜也许真的爱那个男人。但他身边还有点别的花花草草——一个二十二岁，名叫贝弗莉的女孩。作为一个穿系扣羊毛衫的小个子，修理先生混得还真不算差。

他在三十五六岁时开始走下坡路。丢掉了工作，拿起了酒瓶子。我曾经一有机会就嘲笑他。但我现在不再嘲笑他了。

愿上帝保佑你长命百岁，修理先生。

他告诉梅乐蒂他参与过登月计划。他告诉我女儿他和宇航员们是好朋友。他告诉她只要那些宇航员一来这儿他就介绍他们认识。

那是个现代化的企业,那个修理先生做过宇航工作的地方。我见过那个地方。自助餐厅里的长队、高层管理人员的用餐室等等。每个办公室里都有咖啡先生①。

咖啡先生和修理先生。

玛娜说他对占星学、预感和易经之类的东西感兴趣。我一点也不怀疑这个罗斯足够聪明和有趣,就像大多数我们过去的朋友。我对玛娜说如果他不是那样的话,她肯定不会喜欢他的。

八年前,我父亲醉着酒在睡梦里死去。那是一个星期五的中午,他五十四岁。他从锯木场下班回家,从冰箱里取了些香肠当早饭,又打开了一大瓶四玫瑰②。

---

① 咖啡先生(Mr. Coffee)是一种咖啡机品牌。此处一语双关,"咖啡先生"也指代罗斯之前的职业。
② 四玫瑰(Four Roses),一种烈酒名。

我母亲坐在同一张餐桌旁。她正在给住在小石城的妹妹写信。最终，我父亲站起身来，上床睡觉。我母亲说他没有说晚安。但那时候是早晨，当然不会说了。

"宝贝，"那晚，玛娜回来的时候，我对她说，"我们先拥抱一会儿，然后你去给我们做一顿丰盛的晚餐。"

玛娜说："去洗洗你的手。"

凉亭

那天早晨,她把提切尔①浇在我的肚皮上又舔掉。那天下午,她试着从窗户跳出去。

我说:"霍莉,不能再这样下去了。这事必须了结。"

我们坐在楼上一个套间的沙发上。这里有很多空房间可以选择。但我们需要一个套间,一个可以边走动边说话的地方。所以那天早晨我们锁上了汽车旅馆的办公室,去了楼上的一个套间。

她说:"杜安,这快要了我的命。"

我们在喝加了冰块和水的提切尔。我们在上下午之间曾睡了一小会儿。后来她下了床,只穿了内衣,威胁说要从窗户那里爬出去。我只好搂住她。虽然只有两层楼高。但还是危险。

---

① 提切尔(Teacher's),一种威士忌酒品牌。

"我受够了,"她说道,"我再也受不了了。"

她用手捂住脸,闭上眼睛。她的头来回晃动,发出哼哼的呻吟。

见她这样我难受得要死。

"受不了什么?"我问道,尽管我当然知道她说的是什么。

"我不必对你再说一遍,"她说,"我控制不住自己了。脸也丢尽了。我曾经是个那么骄傲的女人。"

她刚过三十,是个有魅力的女人。高个子,一头长黑发,一双绿色眼眸,是我认识的唯一一个绿眼睛女人。过去我常说到她的绿眼睛,她告诉我说正是这双眼睛让她觉得自己与众不同。

难道我还不知道这个!

这一桩接一桩的事情让我觉得糟糕透顶。

我能听见楼下办公室里的电话铃声。它一整天都在断断续续地响着。甚至我在打盹时都能听得见。我会睁开眼,望着天花板,听着铃声,琢磨我俩之间到底怎么了。

但也许我该看看地板。

"我的心碎了,"她说,"成了一块石头。我不行了。最糟糕的是我再也不会好起来了。"

"霍莉。"我说。

刚搬来这儿做管理员那会儿,我们觉得总算熬出头了。不用付房租和水电,外加一个月三百块。哪儿去找这样的好差事。

霍莉负责账目。她算得清楚,客房大多是她租出去的。她喜欢和人打交道,大家也喜欢她。我负责照看庭院,修整草坪,剪杂草,维持游泳池的清洁,做些小的维修。

第一年可以说是万事如意。我晚上做着另一份工作,我们的状况在改善。我们有自己的计划。然后在某天早晨,我也不知道,那个瘦小的墨西哥女佣进来做清洁时,我刚给一个客房的卫生间铺好瓷砖。是霍莉雇的她。我实在说不上以前曾注意过这个小东西,尽管彼此碰面时说过几句话。我还记得,她称呼我先生。

总之,事情就这样接踵而至。

于是从那个早晨起我开始留意她。她是个长着洁白牙齿的小可人儿。我常盯着她的嘴看。

她开始用名字来称呼我。

一天早晨,我正在修一个卫生间的水龙头垫圈,她走了进来,像其他女佣一样打开电视机。她们在打扫时都这样。我停下手里的活,走出卫生间。看见我她有点意外。她轻笑着叫出了我的名字。

她刚说完我们就倒在了床上。

"霍莉,你仍然是个骄傲的女人,"我说,"你仍然是最棒的。别这样,霍莉。"

她摇摇头。

"我心里有些东西已经死了,"她说,"虽然它坚持了很久,但还是死了。是你杀死了它,就像你劈了它一斧子。现在一切都龌龊不堪。"

她喝完了酒,而后开始放声大哭。我试着搂住她。但没用。

我给我俩添了点酒,望向窗外。

办公室前面停了两辆挂着外州牌照的车子,开车的正站在门口说话。其中的一个刚对另一个说完些什么，他托着下巴，打量着客房。那儿还有个女人，她把脸贴在玻璃上，用手挡住光线，向里面张望。她推了推门。

楼下的电话响了起来。

"甚至在我们刚才干那件事时，你还想着她，"霍莉说，"杜安，这太让人伤心了。"

她接过我递给她的酒。

"霍莉。"我说。

"这是事实，杜安。"她说。"别跟我争了。"她说。

她手里拿着酒，穿着内裤和胸罩在房间里走来走去。

霍莉说："你背叛了婚约。你毁掉的是信任。"

我跪下来，开始乞求。但我脑子里却在想胡安妮塔。这太糟糕了。我不知道自己会怎样，也不知道世界上其他人会怎样。

我说："霍莉，宝贝，我爱你。"

有人在停车场按喇叭，停了一下，又接着按。

霍莉擦了擦眼睛。她说："给我弄杯酒。这杯水太多。让他们去按他们的臭喇叭。我不在乎。我要搬到内华达去。"

"别搬去内华达。"我说。"你在说疯话。"我说。

"我没说疯话,"她说,"去内华达一点都不疯狂。你可以和你那个清洁女工待在这里。我要搬到内华达去。要么去那儿要么自杀。"

"霍莉!"我说。

"霍莉个屁!"她说。

她坐在沙发上,收起腿,用膝盖顶住下巴。

"给我再倒一杯汽水,你这个婊子养的,"她说,"操这帮按喇叭的。让他们去糟蹋那个游客客栈。你的清洁女工现在在那儿做清洁吧?给我再弄一杯来,你这个婊子养的!"

她抿着嘴唇,摆了个脸色给我看。

喝酒是件滑稽的事。当我回头看时发现,我们所有重要的决定都是在喝酒时做出的。甚至在讨论必须少喝点酒的时候,我们也会坐在厨房餐桌,或是外面的野餐桌旁,喝着半打啤酒或者威士忌。我们拿定主意搬来这儿做管理员时,花了两个晚上,边喝酒边掂量此事的好处和坏处。

我把剩下的提切尔倒进了我俩的杯子里,又加了点冰块和水。

霍莉从沙发上起身,在床上伸展开来。

她说:"你和她在这张床上干过吧?"

我无话可说。我觉得脑子里一片空白。我把杯子递给她,在椅子上坐下。我边喝边想,一切都不会再和过去一样了。

"杜安?"她说。

"霍莉?"

我的心跳慢了下来。我等着。

霍莉曾经是我的真爱。

和胡安妮塔之间的那档子事是一周五次,在十点和十一点之间。她在哪个房间打扫就在哪个房间里。我会直接走进她正在清洁的房间,关上门。

但多数时候是在十一号房,十一号是我们的幸运房间。

我们彼此缠绵，但动作迅速。感觉不错。

我想霍莉也许能够熬过去。我想她必须要做的是努力试着去接受。

至于我，我还保留着那份晚间工作。那是份连猴子都可以做的工作。但这里每况愈下。我们真的没有心思去做任何事情了。

我不再清理游泳池。池里长满了绿苔，客人们不再使用它了。我也不再去修理水龙头、铺瓷砖或给墙壁补漆。唉，实际上我俩都喝得很凶。想喝痛快是要花很多时间和精力的。

霍莉登记客人时也经常出错。她要么多收钱要么根本忘记收钱。有时她把三个客人放进只有一张床的房间，或让一个客人住进有特大号床的房间。我跟你讲，客人在抱怨，有时会吵起来。他们把东西装上车，去了别的地方。

接下来，管理部门的人来了封信，接着又来了一封，是挂了号的。

电话打来了。有人要从城里过来。

但我们不在乎了，这是事实。我们知道自己的日子屈指可数了。我们被生活罚出局，正在为从头再来做准备。

霍莉是个聪明的女人。她起初就知道了。

星期六早晨，我们经过一晚的旧事重提后醒来。我们睁开眼睛，在床上转过身，好好地打量了一下对方。此刻，我们两个都明白了。我们已经走到尽头，要做的是寻找新的开始。

我们爬起来，穿上衣服，喝咖啡，决定开始这次谈话。不受任何干扰。没有电话。没有客人。

我就是在这时拿来提切尔的。我们锁上门，带着冰桶、杯子和酒瓶上了二楼。一开始，我们看着彩电，打闹了一会儿，任由电话铃在楼下响着。想吃东西时，我们就从自动售货机里弄点脆奶酪条。

这真有意思，如今我们意识到一切都已经发生了，任何事情便都是可能的了。

"我们没结婚、还是孩子的时候，"霍莉说，"我们有宏伟计划和梦想的时候，你还记得吗？"她坐在床上,抱着膝盖和酒。

"记得,霍莉。"

"你不是我的第一个,你是知道的。我的第一个是怀亚特。想象一下。怀亚特。而你的名字是杜安。怀亚特和杜安。天晓得这些年来我错过了什么?你是我的一切,就像歌里唱的一样。"

我说:"你是个出色的女人,霍莉。我知道你曾经有过各种机会。"

"但我没有好好利用它们!"她说,"我没办法背叛我们的婚约。"

"霍莉,别这样,"我说,"打住吧,宝贝。我们别再折磨自己了。我们该做些什么呢?"

"听着,"她说,"你还记得那次我们开车去亚基马外面的农场吗?在泰瑞斯高地的另一边?我们当时在开车随便乱转?在一条土路上,天很热灰尘很大?我们一直往前开,到了那座老房子跟前,你去向人家要水喝?你能想象我们现在去做这样的事吗?去一户人家要水喝?"

"现在那对老人肯定已经入土了,"她说,"并排躺在某个墓地里。你还记得他们邀请我们进屋吃蛋糕吗?后来他们领着我们四处看?屋子后面有个凉亭?在屋后的几棵大树下面?它有个小尖顶,漆掉得差不多了,台阶上面长着野草。那个妇人说,多年前,我是说很久很久以前,人们会在星期天来这儿演奏乐器,大伙儿会坐在这里听音乐。我以为我们老了以后也会那样。有尊严。有一个住处。人们会到我们的门前来。"

我仍然说不出话来。稍后我说:"霍莉,这些事情,我们也会回过头来看的。我们会说,'还记得那个游泳池里满是污垢的汽车旅馆吗?'"我说:"霍莉,你明白我的意思吗?"

但霍莉只是端着酒杯坐在床上。

我看得出来,她不明白。

我走到窗户跟前,从窗帘后面往外看。有人在下面说着什么,使劲摇晃办公室的门。我待在那儿。我祈求霍莉能给我些表示。我祈求霍莉指引我。

我听见一辆车子发动起来。接着又是一辆。他们打开车灯,背对旅馆,一辆跟着另一辆,驶离了这里,汇入公路上的车流。

"杜安。"霍莉说。

就连这,她也是对的。

我可以看见最细小的东西

听见院门发出响声时我正在床上躺着。我仔细听了听。没听到其他的声音。但我确实听见了那个声音。我想叫醒克里夫。但他睡死过去了。所以我起身去窗口看了看。硕大的月亮卧在环绕城市的群山上。那是一轮惨白的月亮,上面布满了伤疤。就连傻瓜也可以把它想象成一张人脸。

院子里足够亮,我能看清所有东西——草坪椅、柳树、两根杆子之间拉着的晾衣绳、牵牛花、栅栏和敞开的院门。

但没有人走动。没有令人恐惧的阴影。一切都躺在月光下,我可以看见最细小的东西。比如,晾衣绳上的衣夹。

我把双手放在窗户玻璃上,遮住月亮。我又看了一会儿,听了听。然后回到床上。

但我无法入睡。我不停地翻身。我想着开着的院门。这像是在考验我的勇气。

克里夫的呼吸声听上去很恐怖。他的嘴大张着，双臂搂着他苍白的胸脯。他占去了床上他那一边和我这边的一大半。

我推了他几下，但他只咕哝了几声。

我一动不动地又躺了一阵，直到我意识到这样做一点用处也没有。我爬起身，找到我的拖鞋。我进了厨房，烧好茶，端着茶在餐桌旁坐下来。我抽了根克里夫不带过滤嘴的香烟。

已经很晚了。我不想去看钟。我喝完茶，又抽了根烟。过了一会儿，我决定去外面把院门闩上。

我套上了睡袍。

月光照亮了一切——房子和树、灯杆和电线，整个世界。走下门廊台阶前，我把后院仔仔细细地看了一圈。迎面吹来一阵风，我系紧了身上的睡袍。

我朝院门走去。

隔开山姆·劳顿家和我家的栅栏那里有点响声。

我留意看了看。山姆的手臂搭在他家的栅栏上,整个人斜斜靠着,那里一共有两排可以倚靠的栅栏。他将拳头举至嘴边,干咳了一声。

"晚上好,南希。"山姆·劳顿说。

我说:"山姆,你吓死我了。"我说:"你在这儿干什么?""你听见什么了吗?"我说,"我听见我家院门打开了。"

他说:"我什么都没听见。也没看见什么。可能是风刮的。"

他在嚼着什么。他望望开着的院门,耸了耸肩。

他的头发在月光下呈银色,直立在头上。我能看见他的长鼻子和纵横在他那张忧伤大脸上的线条。

我说:"山姆,你还不睡干什么呢?"然后往栅栏跟前走了几步。

"想看个东西吗?"他说。

"我过去。"我说。

我出了院子,上了走道。穿着睡衣睡袍走在院子外面让我觉得有点怪。我在心里暗暗说要记住这一刻,记住自己这样走在院子外面。

山姆站在他房子的一侧,睡裤裤脚卷得高高的,露出下面棕白色的鞋子。他一只手拿着电筒,另一只手拿着一罐东西。

山姆和克里夫曾经是朋友。然后某天晚上他们喝上了酒。他们之间有了争吵。紧接着,山姆修了一排栅栏,克里夫跟着也修了一排。

那是在山姆失去了米莉,又结了婚,又成为父亲以后,所有这些发生在一眨眼的工夫。米莉生前一直是我的好朋友。她死时才四十五岁。心脏衰竭。发作时她正把车开上他们家的车道。车子没有停下来,从停车棚后面冲了出去。

"看这个。"山姆说,往上提了一下睡裤,蹲了下来。他把电筒照向地面。

我看了看,发现有一些像毛毛虫一样的东西在一堆土上蜷成一团。

"鼻涕虫。"他说。"我刚刚给了它们一剂这个。"他说,举起一罐看上去像是阿甲克司[①]的东西。"它

---
① 阿甲克司(Ajax),一种杀虫药名。

们在侵占这里。"他说，嘴里嚼着什么。他侧过头去，吐出一口可能是烟草的东西。"我得不停地和它们干，才勉强和它们打个平手。"他把灯光转向一个装满这些虫子的瓶子。"我在外面放上诱饵，只要一有机会我就出来用这个杀。狗杂种到处都是。它们的破坏力有多大。看这儿。"他说。

他站了起来。他拉着我的胳膊，把我带到他家的蔷薇花丛那儿。他给我看叶子上面的小洞。

"鼻涕虫。"他说。"到了晚上你放眼看去，它们无处不在。我设下诱饵，然后出来捉它们。"他说，"鼻涕虫，这个糟糕玩意儿。我把它们放在那个瓶子里面。"他把电筒照向蔷薇花丛下方。

一架飞机从头顶上飞过。我想象着那些系着安全带坐在座位上的乘客，他们有的在读东西，有的正盯着地面看。

"山姆，"我说，"大家都还好吧？"

"都还好。"他说，耸了耸肩。

他还在嚼他嘴里一直嚼着的东西。"克里夫怎么样？"他说。

我说:"还是老样子。"

山姆说:"我出来抓这些鼻涕虫时,有时会朝你家那边看上一眼。"他说:"真希望我和克里夫能和好。看那里。"他说,快吸了一口气,"那儿有一条。看见它了吗?就在我手电筒照着的地方。"他把电筒的光指向蔷薇丛下方的土堆。"看这个。"他说。

我叉着胳膊,弯下腰来看他用灯光照亮的地方。那个东西不爬了,头转来转去的。山姆拿着手里的罐子,撒了点药粉,结果了它。

"黏糊糊的东西。"他说。

鼻涕虫在那儿扭来扭去。稍后它蜷成一团,又伸直了。

山姆拿起一把玩具铲,将鼻涕虫铲起来,倒进了那个瓶子里。

"我戒掉了,你知道的,"山姆说,"不得不这样了。有一阵子它让我连东南西北都分不清。我们家里还放着它,但我不再碰它了。"

我点点头。他看着我,一直那么看着。

"我得回去了。"我说。

"好的,"他说,"我再接着干一会儿,完了我也就回家了。"

我说:"晚安,山姆。"

他说:"等等。"他停止了咀嚼。他用舌头把嘴里的东西抵到下嘴唇那儿。"告诉克里夫我问他好。"

我说:"我会跟克里夫说的,山姆。"

山姆用手抹过他银色的头发,像是要把它们一次性永久抚平,随后他挥了挥手。

回到卧室,我脱掉睡袍,叠起来,放在够得着的地方。我检查并确定闹钟上好了,没有看时间。然后我上了床,拉上被子,闭上了眼睛。

这时我想起来我忘记把院门闩上了。

我睁着眼睛躺在那里。我轻轻推了推克里夫。他清了一下嗓子,又咽了一口。他胸腔里像是卡着个什么,在那里慢慢滑动。

不知为什么,这让我想到了山姆·劳顿往上面撒药粉的东西。

我想了一小会儿屋子外面的世界,然后,除了想着我得赶紧睡着外,我什么都不再想了。

纸袋

十月里的一天，天气阴湿。从旅馆窗户那儿，我能看见这座中西部城市里那些我不想见到的东西。我能看见建筑物里照射出来的灯光，高高耸立的烟囱里冒出来的浓烟。我真希望自己不用去看这些。

我想给你们讲一个故事，这是去年我在萨克拉门托转机时我父亲讲给我听的。是牵涉到他的某些事，发生在他讲述这个故事的两年前，也就是在他和我母亲离婚之前。

我是一名书商，是一家很有名的公司的代理。我们发行教科书，总部设在芝加哥。我的业务区包括伊利诺伊州、爱荷华州和威斯康星州的部分地区。我在洛杉矶参加西部出版社协会的会议时，脑子里冒出了去拜访一下我父亲的念头。自从他们离婚后我还没有见过他，你们懂的。于是我从皮夹里找出他的地址并给他发了份电报。第二天早晨我把东西寄往芝加哥，搭上了一班去萨克拉门托的飞机。

我花了一分钟才认出他来。他站在其他人站着的地方——出口外面，白发，眼镜，棕色普雷斯特长裤。

"爸，一切都还好吧？"我说。

他说："莱斯。"

我们握了握手，向机场航站楼走去。

"玛丽和孩子们都还好吧？"他说。

"大家都好。"我说，但这不是实话。

他打开一个装糖果的白色纸袋。他说："我挑了点东西，你可以把它们带回去。没多少。一些杏仁巧克力给玛丽，一些软糖给孩子们。"

"谢谢。"我说。

"走的时候别忘了拿上。"他说。

我们给一些向登机口跑去的修女让道。

"来杯酒还是喝咖啡？"我说。

"随便。"他说。"但我没开车。"他说。

我们找到休息室，要了酒，点了烟。

"终于到这儿了。"我说。

"嗯，是啊。"他说。

我耸耸肩，说："嗯。"

我向后靠在座位上，深吸了一口气，吸进了我觉得是笼罩在他头上的悲伤气息。

他说："估计芝加哥机场有这四个大。"

"还要大些。"我说。

"以前还觉得这儿很大。"他说。

"你什么时候开始戴眼镜的？"我说。

"有一阵子了。"他说。

他喝了一大口酒，然后一下子进入了正题。

"我真希望自己能一死了之。"他说。他把粗壮的手臂放在酒杯的两侧。"你受过教育，莱斯，你来做个判断。"

我把烟灰缸立起来去读它底上的字：哈拉俱乐部／里诺①和塔霍湖／宜人的娱乐场所。

---

① 里诺（Reno），美国内华达州西部城市，有着"世界离婚之都"之名，以赌场收入为主要经济来源。

"她负责推销士丹利①产品。是个小个子女人,小手小脚的,头发乌黑。她不是世界上最漂亮的女人。但她让人看着舒服。她三十岁,有孩子。不管怎样说,是个正派女人。

"你妈总是从她那儿买东西,笤帚、拖把、做派的馅料之类的东西。你了解你妈。那是个周六,我在家里。你妈出去了。我不知道她去了哪里。她当时没上班。我正在客厅读报喝咖啡,听见了敲门声,是这个小个子女人。萨利·韦恩。她说她有东西要给帕默太太。'我是帕默先生。'我说。'帕默太太现在不在家。'我说。我让她进屋里来,你知道的,我得为这些东西付钱。她不知道该不该进来。就这么拿着个小纸袋和收据站在那里。

"'让我来拿这个。'我说,'进来坐一会儿吧,我去取钱。'

"'没关系,'她说,'可以先欠着。很多人都这样。没关系的。'她冲我微笑,让我知道这没关系。

"'不行,不行。'我说。'我有钱。我情愿现在就

---

① 士丹利(Stanley Home Products)是一个上门推销生活用品的老牌公司。

46

付了。免得让你再跑一趟，也免得我欠别人的钱。进来吧。'我说，打开了纱门。让她站在那里不太礼貌。"

他一边咳嗽一边取了根我的香烟。吧台那头，一个女人的笑声很大。我看了她一眼后又接着研究烟灰缸。

"她进了门，我说：'请等一会儿。'我去了卧室找我的皮夹。我在衣柜那里翻了翻，没找到。我找到了一些零钱、火柴和我的梳子，但没找到皮夹。你妈已经做完例行的清晨大扫除，知道我的意思了吧。所以我回到客厅，说：'呃，我还得再找找钱在哪里。'

"'请别麻烦了。'她说。

"'不麻烦，'我说，'反正总要把皮夹找到的。请随意点，不要拘束。'

"'哦，我没事的。'她说。

"'哎，'我说，'听说东部那个重大抢劫案了吗？我刚才正读到这个。'

"'昨晚在电视里看见了。'她说。

"'他们没伤一根汗毛就逃掉了。'我说。

"'干得很漂亮。'她说。

"'谋划周全。'我说。

"'很少有人逃得掉的。'她说。

"我不知道还能说点什么。我们就那么站在那里互相看着。我来到外面走廊上,在衣物篮里找我的裤子,我想你妈准是把它放在那里了。我在裤子后面的口袋里找到了皮夹,回到客厅里问该付她多少钱。

"一共是三块还是四块钱,我把钱付给了她。然后,不知道为什么,我问她假如被那些强盗抢走的钱都归她,她会去干些什么。

"她笑了起来,我看见了她的牙齿。

"我不知道我那时候着了什么魔,莱斯。五十五岁了。孩子都成人了。我该懂得这些的。这个女人的年纪只有我的一半,孩子还在上学。她只在他们上学时出来为士丹利做一点事,仅仅是为了不让自己闲着。她不是非得工作不可。他们日子还过得去。她丈夫拉里是统一货运公司的驾驶员。挣不少钱。卡车司机,你知道的。"

他停了下来,擦了擦脸。

"谁都有做错事的时候。"我说。

他摇了摇头。

"她有两个小男孩,汉克和弗雷迪。相差一岁左右。她让我看了些照片。总之,在我说到那笔钱时她笑了起来,说她估计会停止兜售士丹利的产品并搬到达科去,在那儿买栋房子。她说她有亲戚住在达科。"

我又点着一根烟。我看了看表。调酒师扬了扬眉毛,我抬了抬手中的杯子。

"她在沙发上坐了下来,问我有没有烟。说她自己的放在另外一个钱包里了,她从家出来后还没吸过一根烟,说在家里放着一条烟的时候她不愿意从售烟机里买。我给了她一根烟并帮她点着。但我可以告诉你,莱斯,我的手指在抖。"

他停了下来,盯着酒瓶看了一会儿。那个不再大笑的女人用双臂紧紧勾住坐在她两边的男人的胳膊。

"后面的事就记不太清了。我只记得我问了她要不要来点咖啡。说我刚烧了一壶。她说她得走了。她说她也许有时间喝一杯。我去厨房等着咖啡煮开。我跟你讲,莱斯,我对天发誓,自从和你妈结为夫妻起,

49

我没做过一次背叛她的事。曾有几次，我有过这个念头和机会。我跟你讲，你不像我这样了解你妈。"

我说："你没有必要往那儿说。"

"我给她端来咖啡，她当时已经把外套脱掉了。我在沙发的另一端坐了下来，我们开始聊些更加私人的话题。她说她有两个在罗斯福小学上学的孩子，拉里是个司机，有时要出门一两个星期。北到西雅图，南到洛杉矶，或凤凰城。总是在外地。她说她是在上高中时认识拉里的。她说她为自己能一直走到现在而感到骄傲。嗯，没过多久她就因为我说的什么话笑了起来。那是一个双关的笑话。然后她问我听没听过推销鞋子的上寡妇家的笑话。那个笑话又让我们大笑了一通，再后来我讲了个更那个一点的，她笑得更厉害了，又抽了根烟。事情就这么不知不觉地发生了。你明白的。

"唔，然后我吻了她。我把她的头靠在沙发上，吻了她，我能感觉到她的舌头急急忙忙地往我嘴里钻。你明白我说的了吗？一个循规蹈矩的男人会一下子什么都不管了。在劫难逃啊，你懂吗？

"就是一会儿工夫的事。完事后她说:'你肯定以为我是一个下贱的女人。'说完她就走了。

"我太紧张了,你懂吧?我把沙发整理好,把沙发上的垫子翻了过来。我把所有的报纸都叠了起来,甚至把我们用过的杯子也洗了。我把咖啡壶倒干净。这期间我想的全是我将怎样面对你妈。我吓坏了。

"嗯,这件事就是这样开的头。我和你妈还和从前一样。但我开始定期去见那个女人。"

吧台那头的那个女人从凳子上站起身来。她向场子中央走了几步,跳起舞来。她把头从一边甩到另一边,打着响指。调酒师停下了手里的活。女人把手臂举过头顶,在场子中央转起了小圈。但稍后她停了下来,调酒师又接着做他的事情。

"你明白了吗?"我父亲说。

但我一句话也没有说。

"这件事就这么继续着,"他说,"拉里有他的行程,我一有机会就去那里。我会告诉你妈我要去这里或去那里。"

他摘下眼镜,闭上了眼。"我没和任何人说过这件事。"

对此我没有什么好说的。我看了看外面的机场,又看了一眼表。

"听我说,"他说,"你的飞机是几点的?你可以换乘另一班吗?我再给我们买杯酒,莱斯。给我们要两杯酒。我会快点讲完的,一会儿就完。听着。"他说。

"她在床边放着他的照片。刚开始时,看见他的照片和其他一些东西让我觉得不舒服。但过一阵子我也就习惯了。你看,一个人习惯起来有多容易?"他摇了摇头。"难以置信吧。嗯,这种事是不会有什么好结果的。你知道的。这些你都懂。"

"我只知道你告诉我的事情。"我说。

"我来告诉你,莱斯。我来告诉你这件事里最重要的是什么。要知道,有些事情,比你母亲离开我还要重要。现在,你听好了。有一天我俩在床上待着。应该是吃中饭前后。我们只是躺在那儿闲聊。我大概在打盹儿。你知道的,那种奇怪的像是白日梦一样的盹儿。但同时我在告诫自己最好记着我得马上起床离开。就在这时，有辆车子开进了车道，有人从车里出来并猛地关上了车门。

"'我的天哪，'她尖叫道，'是拉里！'

"我当时肯定已经神经错乱了。记得当时我在想，如果我从后门冲出去，他会把我堵在院子的大栅栏那儿，也许会把我给杀了。萨利发出一串奇怪的声音。像是喘不过气来了。她穿上了睡袍，前面却敞开着，站在厨房里来回摇晃着头。所有这一切都发生在同一时间，你明白吧。我拿着我的衣服站在那儿，身上几乎什么都没穿，拉里正在打开前门。我一跃而起，朝着他家的大窗户跑去，直接从玻璃里冲了过去。"

"你逃掉了？"我说，"他没有来追你？"

我父亲像看着一个疯子一样看着我。他盯着他的空杯子。我看了看表，伸了伸腿和胳膊。我感觉眼睛后面那块儿有点疼。

我说："估计我得去候机室了。"我用手抹了抹下巴，又把衣领拉拉直。"那个女人，她还住在瑞汀？"

"你什么都不懂，是不是？"我父亲说道，"你根本什么都不懂。除了卖书你什么都不懂。"

该走了。

"啊,天哪,对不起,"他说,"那个男人完全崩溃了。他倒在地上痛哭起来。她还待在厨房里,在那儿哭着。她跪了下来,大声向上帝祈求,好让那个男人听见。"

我父亲还想说点什么,但他只是摇了摇头。也许他想让我说点什么。

但他接着说:"不说了,你还要赶飞机。"

我帮他穿上外套,我们开始往外走,我用手搀着他的胳膊肘。

"我帮你去叫辆出租。"我说。

他说:"我送你上飞机。"

"算了吧,"我说,"要么下次吧。"

我们握了握手。这是我最后一次见到他。在回芝加哥的路上,我才想起来我把他那袋礼物忘在吧台上了。这样也好。玛丽不需要什么糖果,不管是杏仁巧克力还是别的。

那是去年的事了。今年她就更不需要了。

洗澡

周六下午，母亲开车去购物中心的那家面包店。看完活页簿上贴着的蛋糕照片后，她订了巧克力的，是孩子最爱吃的。她挑选的蛋糕上饰有一艘宇宙飞船和一座发射台，上面撒了几颗白色的星星。再用绿色的糖霜写上"斯科蒂"这个名字，就像它是宇宙飞船的名字一样。

当母亲对面包师说斯科蒂就要满八岁时，他若有所思地听着。他年纪很大了，这个面包师，穿着一件古怪的围裙，很厚重，围裙的带子从胳膊下面穿过去，再从后背绕到前面来，在那里打了个很大的结。他一边听她说话，一边不停地在围裙上擦手。在她研究样品说着话时，他潮湿的眼睛看着她的嘴唇。

他没有催促她。他一点都不着急。

母亲定了那个宇宙飞船蛋糕，然后给了面包师她的名字和电话号码。蛋糕会在星期一早晨做好,离下午的派对有足够的时间。面包师愿意说的就这么多。没有客套,只有简短的交谈,最基本的信息,一点不必要的东西都没有。

星期一早晨,这个男孩在另一个男孩的陪伴下走路去上学。两个男孩来回传着一袋炸薯片,生日男孩想套出另一个男孩给他的礼物是什么。

在十字路口,生日男孩没有看就走下了人行道,立刻被一辆车撞倒了。他侧身摔倒在地上,头陷在排水沟里,腿在路上动着,像是在爬一堵墙。

另一个男孩拿着炸薯片站在那里。他在想是要把剩下的吃完,还是继续去上学。

生日男孩没有哭,但他也不想再说话。当另一个男孩问他被车撞倒后有什么感觉时,他没有回答。生日男孩爬起来,转身往家走。另一个男孩和他挥手告别,向学校走去。

生日男孩告诉了他母亲发生的事情。他们坐在沙发上。她握着他的手,把它们放在她的腿上。这时,男孩抽出手,平躺了下来。

当然,生日派对没有举行。生日男孩住进了医院。母亲坐在病床旁。她在等着男孩醒过来。男孩的父亲从办公室匆匆赶来。他坐在男孩母亲的旁边。所以现在他们俩都在等着男孩醒过来。他们等了很长时间,然后,父亲回家去洗澡。

这个男人从医院开车回家。他超速行驶在路上。直到目前为止,生活算是一帆风顺。工作、做父亲、有了家。这个男人一直很幸运和幸福。但现在恐惧让他想洗个澡。

他拐上自家的车道。他坐在车里,想让自己的腿恢复知觉。孩子被车撞了,他住在医院里,但他会好的。男人下了车,向前门走去。狗在叫,电话铃在响。在他开门和在墙上摸索灯的开关时,电话铃声一直响个不停。

他拿起话筒。他说:"我刚进门!"

"这儿有一个还没有取走的蛋糕。"

电话那端的声音就说了这么一句。

"你说什么？"父亲说。

"蛋糕，"那个声音说道，"十六块钱。"

丈夫把听筒贴近耳朵，想弄明白。他说："我不知道有这么回事。"

"少跟我来这一套。"那个声音说道。

丈夫挂断了电话。他走进厨房，给自己倒了点威士忌。他给医院打电话。

孩子的情况没有变化。

在给浴缸放水时，男人往脸上抹剃须泡，刮了胡子。电话铃响起时，他正躺在浴缸里。他爬起来，快速穿过房间，嘴里说着："混账，混账。"因为如果在医院里待着，他就不会像现在这个样子了。他拿起话筒，大喊一声："喂！"

那个声音说："已经做好了。"

午夜过后，孩子父亲回到了医院。他妻子正坐在床边一把椅子上。她抬头看了一眼丈夫，又回过头来看着孩子。床头的一个装置上吊着一只带管子的瓶子，管子的一头连着孩子。

"这是什么?"父亲说。

"葡萄糖。"母亲说。

丈夫抚了抚女人的脑后。

"他会醒过来的。"男人说。

"我知道。"女人说。

过了一会儿,男人说:"你回家去吧,我在这儿待着。"

她摇摇头。"不。"她说。

"真的,"他说,"回家休息一下。不要太担心了。他只是在睡觉而已。"

一位护士推开了门。她来到病床跟前,冲他们点了点头。她从被子下面拉出他的左臂,把手指搭在他的手腕上。她把手放回到被子里,在一个和床连着的夹板笔记本上写了点什么。

"他怎么样了?"母亲说。

"情况稳定。"护士说。接着她又说:"医生很快会再过来。"

"我刚刚在说她也许应该回家休息一下,"男人说,"等医生来过以后。"

"可以的。"护士说。

女人说:"先看看医生怎么说吧。"她把手放在眼睛那里,头微微向前倾着。

护士说:"那当然。"

父亲盯着儿子看,孩子的小胸脯在被子下面一起一落。他越来越害怕。他开始晃动自己的头。他对自己说,孩子没事,他只是没睡在家里,睡在了这里。在哪儿睡不都是睡。

医生进来了。他和男人握了握手。女人从椅子上站了起来。

"你好,安。"医生边说边点头。他说:"我们先来看看他情况如何。"他来到病床边上,摸了摸男孩的手腕。他翻开一只眼皮,然后是另一只。他掀开被子,听了听心跳。他用手指在男孩身体各处按了按。他来到床脚处,研究起表格来。他记下时间,往表格里草草写了点什么,然后留心看着男孩的母亲和父亲。

医生是一个英俊的男人。他的皮肤润泽,晒成了棕褐色。他穿着三件套西服,戴一条鲜艳的领带,衬衫的袖口带着链扣。

男孩母亲这样对自己说。他刚从一个有观众的地方赶过来。他们给他发了枚奖章。

医生说:"没什么新进展,但也没什么好紧张的。他应该很快就会醒过来。"医生又看了一眼男孩。"等再做一些化验后,就会更清楚了。"

"哦,天哪。"母亲说。

医生说:"有时会出现这样的情况。"

父亲说:"这不会是昏迷吧?"

父亲等着,看着医生。

"不,我不认为这是昏迷,"医生说,"他在睡觉。这是一种身体的康复机制。身体在做它该做的事情。"

"是昏迷吧,"母亲说,"像是昏迷。"

医生说:"我不这么认为。"

他拿起女人的手,轻轻拍了拍。他和她丈夫握了握手。

女人把手指放在孩子的前额上,在那儿搁了一会儿。"至少他没发烧。"她说。她接着说:"我不确定。你摸摸他的额头。"

男人把他的手指放在孩子的前额上。男人说:"我觉得他现在应该就是这样的。"

女人在那儿又站了一会儿,用牙齿咬着自己的嘴唇。然后她回到椅子那里,坐了下来。

丈夫在她身旁的椅子坐下。他想说点别的。但不知道该说些什么。他握住她的手,放在自己的腿上。这让他好受一些。这让他觉得自己在说着些什么。他们就这么坐了一会儿,看着孩子,不说话。他时不时地捏一下她的手,直到她把手抽开。

"我一直在祷告。"她说。

"我也是,"男孩父亲说,"我也一直在祷告。"

一个护士进房检查了一下瓶子里液体的流动情况。

一个医生走进来,说明他的名字。这个医生穿着双休闲鞋。

"我们要带他下楼去再拍几张片子,"他说,"然后我们要做一次扫描。"

"扫描?"母亲说。她站在病床和这个新来的医生之间。

"没事的。"他说。

"我的天。"她说。

两个勤杂工进来了。他们推着个像床一样的东西。他们拔掉男孩身上的管子,把他搬到那个带轮子的东西上去。

他们把生日男孩送出来时,太阳已经出来了。母亲和父亲跟着勤杂工进到电梯里,上楼送男孩回病房。两位家长再次坐在了病床旁自己的位子上。

他们等了整整一天。男孩还是没有醒过来。医生又来过,又对男孩做了检查,又在对他们说了同样的话后离开了。护士进来了。医生进来了。一个化验员进来了,开始抽血。

"我不明白这个。"母亲对那个化验员说。

"是医生的指示。"化验员说。

母亲走到窗前,看着外面的停车场。开着灯的车子驶进驶出。她站在窗前,双手放在窗沿上。她在心里自言自语。我们遇到问题了,很严重的问题。

她害怕了。

她看见一辆车子停了下来,一个穿着长外套的女人上了车。她想让自己相信她就是那个女人,相信她正开车离开这里,去另一个地方。

医生进来了。他的皮肤晒成了棕褐色,看上去比之前更健康。他走到床前检查男孩。他说:"他的情况不错。一切正常。"

男孩母亲说:"但他一直在睡觉。"

"是的。"医生说。

她丈夫说:"她累了。她饿坏了。"

医生说:"她应该休息一下。她应该吃点东西。安。"

"谢谢你。"丈夫说。

他和医生握了握手。医生拍了拍他们的肩膀,离开了。

"我觉得我俩中的一个应该回家照看一下,"男人说,"要喂一下狗。"

"给邻居打电话,"妻子说,"如果你请他们帮忙,会有人去喂它的。"

她在考虑找谁。她闭上眼睛,绞尽脑汁思考。过了一会儿,她说:"也许还是我回去吧。也许如果我不一直坐在这里看着他,他反而会醒过来。也许是我一直看着他,他才没醒过来。"

"可能吧。"丈夫说。

"我回家洗个澡,再换身干净衣服。"女人说。

"我觉得你应该这么做。"男人说。

她拿起皮包。他帮她穿上外套。她走到门口,转身回头。她看了看孩子,然后看着他父亲。丈夫点点头,微笑了一下。

她经过护士站,走到走廊的尽头,她在那儿转了个弯,看见一个不大的候诊室,里面有一家子,都坐在柳条椅上,男人穿着卡其色衬衫,头戴着的棒球帽向上掀起,一个大块头妇人穿着家居便服和拖鞋,一个姑娘穿着牛仔裤,头发梳成几十根卷曲的小辫子。桌子上面堆满了薄薄的包装纸、泡沫塑料杯、搅咖啡的棍子和小包的盐及胡椒。

"尼尔森,"大块头妇人说,"是不是和尼尔森有关?"

妇人睁大了眼睛。

"现在就告诉我,女士,"妇人说道,"是不是尼尔森?"

妇人试图从椅子上站起身来。但那个男人按住了她的胳膊。

"别急,别急。"他说。

"对不起,"男孩母亲说,"我在找电梯。我儿子在医院里。我找不到电梯。"

"电梯在那边尽头。"那个男人说,手指向右一指。

"我儿子被车撞了,"男孩母亲说,"但他会好的。他现在处于休克状态,但也可能是某种程度的昏迷。我们担心的就是这个,昏迷。我要出去一下。也许去洗个澡。但我丈夫正陪着他。他在照看他。有可能我走后一切就会改变。我叫安·维斯。"

那个男人在椅子里动了动身子。他摇了摇头。

他说:"我们的尼尔森。"

她拐上车道。狗从房子后面跑过来。它在草地上打着转。她闭上眼睛,把头靠在方向盘上。她听着引擎发出的嘀嗒声。

她下了车,来到门前。她打开灯,烧上沏茶用的水。她打开一罐狗食喂狗。她端着茶杯坐在沙发上。

电话铃响了起来。

"是我!"她说。"喂!"她说。

"维斯太太。"一个男人的声音说道。

"是我。"她说。"我是维斯太太。是和斯科蒂有关吗?"她说。

"斯科蒂。"这个声音说道。"是和斯科蒂有关,"这个声音说,"这个是和斯科蒂有关,是的。"

告诉女人们我们出去一趟

比尔·贾米森一直是杰瑞·罗伯茨最好的朋友。两人在南区一个靠近旧集市的地方长大,一起读完小学和初中,然后一起去上艾森豪威尔高中。他们在那儿尽可能地选同一个老师的课,换穿对方的衬衫、运动衫和紧腿裤,约会和睡同一个姑娘——一切都理所当然。

夏天他们一起去做工——浇灌桃树、摘樱桃、穿晒啤酒花,干任何能赚点小钱又没有老板在屁股后面盯着的活。随后他俩合买了一辆车。高中最后一年前的夏天,他们凑了钱,花三百二十五块买了一辆五四年的红色普利茅斯。

他们伙着用那辆车。一点问题都没有。

但杰瑞在第一学期结束前结了婚,退学在罗比百货找了份正式工作。

至于比尔，他也约会过那个姑娘。她叫卡罗尔，和杰瑞相处得很好，比尔一有时间就上他们那儿玩。有了结了婚的朋友，他觉得自己变老了。他去他们那儿吃中饭或晚饭，大家一起听埃尔维斯[1]，或者比尔·海利和彗星乐队[2]。

但有时候，卡罗尔和杰瑞会当着比尔的面就亲热起来，因为公寓里只有一张床，一张在客厅里展开放着的折叠床，比尔不得不起身，找个借口出去遛一圈，到迪松加油站买可乐。有时卡罗尔和杰瑞会跑进卫生间里，而比尔不得不去厨房，假装对碗柜和冰箱感兴趣，并没有在听。

所以他不再那么频繁地去他们那儿了。接着六月份他毕了业，在达瑞果德[3]的工厂找了份工作，加入了国民警备队。一年后，他有了自己的事业，和琳达的关系也确定下来了。因而比尔和琳达会去杰瑞和卡

---

[1] 埃尔维斯·普雷斯利（Elvis Presley，1935－1977），美国歌手、演员和音乐人。被称为摇滚乐之王。又称猫王。
[2] 比尔·海利和彗星乐队（Bill Haley and the Comets），1952年由比尔·海利组建，美国著名摇滚乐队。
[3] 达瑞果德（Darigold），美国老牌乳制品销售公司。

罗尔那里,喝啤酒,听音乐。

卡罗尔和琳达相处得很好,当比尔听到卡罗尔私底下说琳达是个"真诚的人"时,他很开心。

杰瑞也喜欢琳达。"她很棒。"杰瑞说。

比尔和琳达结婚时,杰瑞是伴郎。婚宴当然设在唐纳利旅馆,杰瑞和比尔在一起胡闹,他们勾肩搭背,一杯接一杯地干着潘趣酒。但在这欢庆期间,比尔有一次无意看了一眼杰瑞,觉得他看上去很老,比二十二岁要老多了。那时杰瑞已经是有两个孩子的幸福的父亲,已被提拔为罗比百货的助理经理,而卡罗尔的肚子里又怀了一个。

他们每个星期六和星期天都要聚一聚,如果赶上节假日,聚得还要勤一些。天气不错的话,他们会在杰瑞家烧烤热狗,让孩子们在塑料小游泳池里玩耍,就像杰瑞从百货店里弄来的其他东西一样,这个小游泳池几乎没花他什么钱。

杰瑞有栋很不错的房子,就在一个可以眺望纳切斯河的小山上。周围有些其他房子,但靠得不是很近。

杰瑞混得还可以。比尔、琳达、杰瑞和卡罗尔聚会时，总是在杰瑞家，因为杰瑞有烧烤炉和唱片，而且孩子太多，不便举家出行。

事情发生在星期天，在杰瑞家。

女人们正在厨房里收拾。杰瑞的女儿们正在院子里往游泳池里扔塑料球，一边大声喊叫，一边拍打着水，追着球。

杰瑞和比尔正坐在露台的躺椅上喝啤酒，歇着。

大部分时间都是比尔在说话——说他们都认识的人，达瑞果德公司的事，以及他想买的那辆四门庞帝亚克卡特琳娜。

杰瑞不是盯着晾衣绳，就是盯着车棚里停着的那辆六八年硬顶雪佛兰。比尔想，杰瑞怎么就变得深沉起来了，总是盯着什么看，一声都不吭。

比尔在椅子里动了动，点着一根烟。

他说："有什么事吗，哥们儿？我是说，你知道我的意思。"

杰瑞喝完他的啤酒，把啤酒罐捏扁。他耸了耸肩。

"你知道的。"他说。

比尔点点头。

随后杰瑞说:"出去遛一圈?"

"好主意,"比尔说,"我去告诉女人们我们出去一趟。"

他们沿着纳切斯河高速往格利德开。杰瑞开的车。天气晴朗暖和,阵阵清风吹进车子里面。

"去哪儿?"比尔说。

"去打几杆子球。"

"没问题。"比尔说。看见杰瑞开朗些了,他觉得好受多了。

"男人不能老闷在家里。"杰瑞说。他看着比尔。"你明白我的意思吗?"

比尔明白。他愿意和厂里的同事一起去周五晚的保龄球比赛。他喜欢每周能有两次,在下班后和杰克·布罗德里克一起喝上几杯啤酒。他知道男人需要出去走走。

开到休闲中心前面的碎石子路面上时,杰瑞说:"还没关门。"

他们进到里面，比尔帮杰瑞扶着门。杰瑞走过比尔身边时，在他肚子上轻轻捅了一拳。

"嗨！"

说话的是瑞里。

"嗨，小伙子们在忙什么呢？"

瑞里从柜台后面走出来，咧嘴笑着。他是个大胖子。他穿着一件夏威夷短袖衬衫，下摆挂在牛仔裤的外面。瑞里说："你们都在忙些什么呢？"

"哎哟，少废话，给我们来两杯奥林酒。"杰瑞说道，冲比尔眨了眨眼。"你怎么样，瑞里？"杰瑞说。

瑞里说："小伙子们怎么样？都在哪儿忙着呢？有没有在外面又搞上一个？杰瑞，上次我见到你的时候，你那娘儿们已经怀上六个月了。"

杰瑞站了一会儿，眨了眨眼睛。

"奥林酒呢？"比尔说。

他们坐在靠窗的凳子上。杰瑞说："这是个什么鬼地方，瑞里，星期天下午都见不着一个姑娘？"

瑞里笑了。他说："我估计她们都正在教堂里为来这儿而祷告呢。"

他们每人喝了五罐啤酒,花两小时打了三局顺序球①,两局斯诺克。瑞里坐在一个凳子上,一边说话一边看他们玩。比尔不停地看看表,再看看杰瑞。

比尔说:"怎么样,杰瑞?我是说,你觉得可以了吗?"

杰瑞喝光了啤酒,捏扁了酒罐,然后转着手里的罐子,站了一会儿。

上高速后,杰瑞放开了——车速猛增至八十五到九十英里之间。他们超过一辆载着家具的旧卡车,随即便看见了那两个女孩。

"看那儿!"杰瑞说,慢了下来,"我想来点那个。"

杰瑞又往前开了一英里左右,然后停在路边。"我们转回去,"杰瑞说,"我们去试试。"

"天哪,"比尔说,"我说不好。"

"我需要来点那个。"杰瑞说。

比尔说:"也许吧,但我说不好。"

---

① 顺序球(rotation),一种十五球的台球游戏。玩时须按照球的号码顺序击球。

"你就别废话了。"杰瑞说。

比尔瞟了一眼他的表,又四下看了看,他说:"你去搭话,我不太熟练了。"

杰瑞掉转车头时按了一声喇叭。

快与女孩碰头时,他慢了下来。他把雪佛兰停在她们对面的路肩上。女孩们继续往前骑着脚踏车,但她们互相看了一眼,笑出声来。靠路边骑的女孩黑头发,高个子,身材苗条。另一个头发是浅色的,个子小一点。两人都穿着短裤和挂脖背心。

"骚货。"杰瑞说。他等着其他车子开过去,好掉转车头。

"我要那个黑头发的,"他说,"那个小个的归你。"

比尔靠在前排椅子上挪了挪背,又往上推了推墨镜。"她们不会做什么的。"比尔说。

"她们会在你那一边。"杰瑞说。

他掉过车头往回开。"准备好。"杰瑞说。

"嗨。"女孩骑上来时比尔说。"我叫比尔。"比尔说。

"很好呀。"黑头发说。

"你们这是去哪儿呀?"比尔说。

女孩们没有回答。小个子笑了起来。她们继续骑着车,杰瑞继续开着车。

"哦,别这样嘛,你们去哪儿?"比尔说。

"不去哪儿。"小个子说。

"不去哪儿在哪儿呀?"比尔说。

"你不会想知道的。"小个子说。

"我告诉你们我的名字了。"比尔说。"你叫什么?我的朋友叫杰瑞。"比尔说。

女孩们互相看了看,笑了。

一辆车从后面开上来。开车的按了声喇叭。

"闭嘴!"杰瑞大喊道。

他往边上开了一点,好让那辆车开过去。然后,他又把车开到和女孩们并排。

比尔说:"我们可以捎上你们一程。我们会送你们去你们想要去的地方。保证做到。你们骑车一定很累了。你们看上去就很累。运动太多对人没好处。特别是女孩子。"

女孩们只管笑。

"明白了吧？"比尔说，"现在告诉我们你们叫什么。"

"我叫芭芭拉，她叫莎伦。"小个子说。

"很好！"杰瑞说，"现在搞清楚她们要去哪儿。"

"姑娘们要去哪儿呀？"比尔说，"芭比？"

她笑了。"不去哪儿，"她说，"就顺着路往前走。"

"往前走到哪里？"

"你想我告诉他们吗？"她对另一个女孩说。

"我才不在乎呢。"另一个女孩说。"说不说都一样。"她说。"反正我不会跟任何人去任何地方的。"名叫莎伦的女孩说。

"你们去哪儿？"比尔说，"你们是去画岩风景区吧？"

女孩们笑了起来。

"她们肯定是去那里。"杰瑞说。

他踩了一脚油门，开到前面的路肩上停了下来，这样女孩就得从他那一边经过。

"不要这样子嘛。"杰瑞说。他说："来吧。"他说："我们已经认识了。"

女孩们只管骑了过去。

"我不会害你们的！"杰瑞喊道。

黑头发的女孩回头看了一眼。杰瑞觉得她这一瞥有点特别的意味。但关于女孩，你是永远也搞不清楚的。

杰瑞冲上了高速，泥土和石子在车轮下飞溅。

"我们会再见的！"从她们身旁疾驶而过时，比尔喊道。

"跑不了了，"杰瑞说，"你看见那个骚货看我的眼神了吗？"

"我说不准，"比尔说，"也许我们该回去了。"

"这事已经搞定了！"杰瑞说。

他在有几棵树的路边停了车。公路在画岩风景区这儿分了岔。一条路通向亚基马，另一条通向纳切斯、恩努克劳、奇诺克通道和西雅图。

离路一百码的地方有一个高而倾斜的黑岩石山包，它是山麓的一部分，像蜂窝一样密布着小路和洞穴。洞穴墙上到处是印第安人留下的画符。岩石山的绝壁面对着高速公路，上面写满了这样的东西：纳切斯67——格利德野猫队——基督救赎——打败亚基马队——现在就忏悔吧。

他们坐在车里吸烟。蚊子飞进来，试图叮他们的手。

"真希望现在有罐啤酒喝。"杰瑞说。"我真需要来罐啤酒。"他说。

比尔说："我也是。"他看了看表。

女孩进入视线后，杰瑞和比尔下了车。他们靠在车子的前挡泥板上。

"记住了，"杰瑞说，他离开了车子，"黑头发的那个归我。另外一个是你的。"

女孩们丢下脚踏车，向其中一条小路跑去。她们消失在一个转弯处，而后又在高一点的地方重新出现了。她们站在那儿往下看。

"你们跟着我们干什么？"黑头发向下喊道。

杰瑞向那条路走去。

女孩们转过身，再次快步跑开了。

杰瑞和比尔不急不缓地继续往上爬。比尔正抽着烟，不时停下来吸一大口。在小路转弯处，他回头看了一眼他们的车子。

"走呀！"杰瑞说。

"来了。"比尔说。

他们不停地爬着。但比尔不得不停下来喘口气。他现在已经看不见车子了。他也看不见高速公路了。从左边往下看，他能看见像一条铝箔一样的纳切斯河。

杰瑞说："你往右，我直走。我们去截断这两个骚货的退路。"

比尔点点头。他已经喘得说不上话来了。

他往上走了一点，路开始下坡，转向了山谷。他望了望，看见了女孩们。她们蹲在一块岩石的后面。也许她们正在那儿发笑。

比尔拿出一根烟。但他点不着。然后，杰瑞出现了。这之后，一切就不重要了。

比尔只想干那件事。甚至只想看看她们脱光了的样子。也就是说，就算这事不成，他也无所谓。

他从来不知道杰瑞到底想干什么。但这一切都始于并结束于一块石头。杰瑞对两个女孩用了同一块石头。先是那个叫莎伦的女孩,然后是那个本来该归比尔的女孩。

在牛仔服之后

伊迪丝·帕克正戴着耳机听磁带,她还抽着一根他的烟。她盘腿坐在沙发上,随手翻着一本杂志,电视机开着,但声音已被关掉。詹姆斯·帕克从那间被他改作办公室的客房里走出来,伊迪丝·帕克摘下耳机。她把烟放进烟灰缸里,脚尖指着他,动了动脚指头,算是和他打了个招呼。

他说:"我们去还是不去?"

"要去。"她说。

伊迪丝·帕克喜欢古典音乐。詹姆斯·帕克不喜欢。他是一个退了休的会计师。但他还在为一些老客户做税表,做这件事时他不想听见音乐声。

"要去的话我们这就得走。"

他看了一眼电视,走过去把它关了。

"要去。"她说。

她合上杂志，站起身来。她离开客厅走进卧室。

他跟在她身后，去看看后门是否锁上了，走廊的灯是否已经打开。随后他站在客厅里，不耐烦地等着。

开车去社区活动中心需要十分钟，也就是说，他们肯定赶不上第一场游戏了。

一辆有划痕的旧面包车停在了詹姆斯通常停车的地方，于是他不得不开到这片停车场的尽头。

"今晚车子真不少。"伊迪丝说。

他说："如果我们准时的话，就不会有这么多车子了。"

"还是会有这么多的。只是我们看不见罢了。"她拉了一下他的衣袖，逗他道。

他说："伊迪丝，如果我们想来玩宾果[①]的话，我们应该准时到这儿。"

"嘘。"伊迪丝·帕克说。

[①] 宾果(bingo)，赌博类游戏。参加者用钱购买上面有很多数字的卡片，每张卡片的数字都不一样。主持者不断报出数字，当一张卡上的数字排成一排、一列或成对角线时，持这张卡的人就成了赢家，他要喊一声"宾果"。所以"宾果"在英语里也有"成了"的意思。

他找到一个停车位，拐了进去。他熄掉引擎并关掉车灯。他说："我不知道今晚我还能不能走运。我在做霍华德的税表时还觉得运气不错。但现在不觉得了。如果只是为了玩那个就要步行半英里，运气肯定好不了。"

"只要你跟着我，"伊迪丝·帕克说，"运气就不会差。"

"我还是没有走运的感觉，"詹姆斯说，"锁上你那边的门。"

迎面吹来一阵冷风。他把风衣的拉链一直拉到脖颈处，她把身上的外套裹紧。他们能听见建筑物后面海浪拍打在峭壁底部岩石上的声音。

她说："我先抽一根你的烟。"

他们在转弯处的路灯下停步。损坏的路灯被几根电线绑定支撑着，在风中摆动的电线把阴影投在人行道上。

"你什么时候能把烟戒了？"他说，点着她的烟后，也给自己点着一根。

"等你不抽的时候,"她说,"你要不抽了我就不抽。就像上次你戒酒一样。就像那样。和你一样。"

"我可以教你做针线活。"他说。

"家里有一个做针线活的就足够了。"她说。

他挽起她的胳膊,他们接着往前走。

到了门口,她把烟丢在地上,用脚踩灭了。他们上了台阶,进到前门大厅里。大厅里放着一张沙发、一张木头桌子和堆集在一起的折叠椅。墙上挂着钓鱼船和海军舰艇的照片,其中一张照片里的船倒扣着,一个人站在龙骨上面挥手。

帕克两口子穿过大厅。詹姆斯拉着伊迪丝的胳膊,走进了回廊。

他们进入会场时,俱乐部的几个女会员正在较远的入口处给来客签到,一场游戏正在进行中,站在舞台上的一个女人在报数字。

帕克两口子匆忙向他们的老座位走去。但那两个座位已经被一对年轻人占据了。那个女孩子穿着牛仔服,和她一起的长发男人也一样。她戴着的戒指、手镯和耳环让她在白炽灯下闪闪发亮。帕克夫妇走到他们跟前时，女孩正冲那个男人转过身去，用手指戳了一下他卡片上的一个数字。随后她掐了一下他的胳膊。这个家伙的头发往后梳着，并在后脑勺那儿捆住，帕克夫妇还看见了他身上另外一样东西——一只穿过耳垂的小金环。

詹姆斯领着伊迪丝来到另一张桌子跟前，坐下前又回头看了一眼。他先脱掉自己的风衣，再帮着伊迪丝脱掉她的外套，然后就盯着那对占了他们座位的年轻人。数字一报出来，那个女孩就先扫一眼自己手上的卡片，再探身查看男人手里的卡片——詹姆斯觉得，就像那个家伙没本事照看好自己的卡片一样。

詹姆斯拿起一叠放在桌上的宾果卡。他把其中的一半给了伊迪丝。"挑几张能赢的，"他说，"我只拿上面三张。我挑哪张都没用。伊迪丝，我今晚手气不行。"

"别再胡思乱想了，"她说，"他们没有想害谁。他们只不过是年轻，仅此而已。"

他说:"这是为这个社区的人定期举办的周五晚宾果。"

她说:"但这是个自由的国家。"

她把半叠卡片还给他。他把它们放在桌子的另一端。然后他们从盛豆子的碗里取了些豆子。

詹姆斯从他留着玩宾果的一卷纸币里抽出一张一块的。他把钱放在了卡片边上。一个头发带点蓝色、脖子上有个疙瘩的瘦瘦的俱乐部女会员(帕克夫妇只知道她叫艾丽丝)不久就会拿着个咖啡罐过来。她会把硬币和纸币收了,再从罐子里找零钱。由这个女人或者是另一个女人负责给赢家付钱。

舞台上的女人喊出"I-25",大厅里有个人大喊:"宾果!"

艾丽丝从桌子之间走过去。当台上的女人念出获胜号码时,她拿起获胜卡片查看。

"是宾果。"艾丽丝证实道。

"那个宾果,女士们先生们,值十二块钱!"舞台上的女人宣布道,"祝贺获胜者!"

帕克夫妇又玩了五场，都没有什么收获。有一次，詹姆斯有一张卡很接近。但后来一连叫出的五个号码里，没一个对得上他的，第五个号码成就了另外一个人的宾果。

"刚才你差一点就成了，"伊迪丝说，"我一直在看着你的卡片。"

"她在逗我呢。"詹姆斯说。

他把卡片斜过来，让豆子滚到手心里。他把手合拢，握成一个拳头。他摇了摇握在手心里的豆子。他想起了一件关于一个小男孩往窗外扔豆子的往事。这段记忆来自遥远的过去，让他感到孤独。

"也许要换几张卡片。"伊迪丝说。

"今晚我手气不行。"詹姆斯说。

他又朝那对年轻人看去。他们正为那个家伙说的一句什么话大笑着。詹姆斯看得出来，他们根本就不在意大厅里的其他人。

艾丽丝过来收取下一场游戏的钱。刚报完第一个数字，詹姆斯看见那个家伙往一张他没付钱的卡片上放了一颗豆子。又报了一个数字，詹姆斯看见他又放了一颗。詹姆斯非常吃惊。他无法把注意力集中到自己的卡片上。他不停地抬头看那个穿牛仔服的家伙在干什么。

"詹姆斯，看着你的卡片，"伊迪丝说，"你漏掉了 N-34。注意力集中点儿。"

"那个占了我们位子的家伙在作弊。我简直不敢相信我的眼睛。"詹姆斯说。

"怎么个作弊法？"伊迪丝说。

"他在玩一张他没付钱的卡片，"詹姆斯说，"应该去举报他。"

"别去，亲爱的。"伊迪丝说。她话说得非常缓慢，眼睛一刻也没有离开她的卡片。她在一个数字上放了一颗豆子。

"那家伙在作弊。"詹姆斯说。

她从手掌上拿起一颗豆子，放在一个数字上。"玩你的卡片。"伊迪丝说。

他回过头看着自己的卡片。但他知道这一场算是泡汤了。他不知道自己漏掉了多少个数字，落后了别人多少。他捏了捏手里攥着的豆子。

台上的女人喊道："G－60。"

有人大喊："宾果！"

"老天。"詹姆斯·帕克说。

宣布了十分钟的休息时间。休息后玩的是一种叫作"消失"的游戏，一块钱一张卡，所有的钱全归获胜者，这周的累积奖金已达九十八元。

有人在吹口哨和鼓掌。

詹姆斯看着那对年轻人。那个家伙一边盯着天花板看，一边摸着耳朵上的小环。女孩的一只手放在他的腿上。

"我得去趟厕所，"伊迪丝说，"把你的烟给我。"

詹姆斯说："我去拿点葡萄干曲奇和咖啡。"

"我去厕所了。"伊迪丝说。

但詹姆斯·帕克没有去拿曲奇和咖啡。相反，他站在了那个穿牛仔服家伙的椅子后面。

"我看见你在做什么了。"詹姆斯说。

那个男人转过身来。"你说什么？"他瞪着眼说，"我做什么了？"

"你自己知道。"詹姆斯说。

女孩嘴里含着咬了一半的曲奇。

"聪明人一点就通。"詹姆斯说。

他回到自己的桌子。他全身都在发抖。

伊迪丝回来后，把烟递给他，坐了下来，没说什么，欢快的表情不见了。

詹姆斯仔细看了看她。他说："伊迪丝，出什么事了？"

"我又出血了。"她说。

"出血？"他说。但他知道她说的是什么。"出血。"他又轻轻说了一遍。

"哦，哇。"伊迪丝·帕克说，拿起卡片理着。

"我觉得我们应该回家了。"他说。

她还在理卡片。"不，不回家，"她说，"不就是出点血嘛。"

他摸了摸她的手。

"我们在这儿待着，"她说，"没什么要紧的。"

"这是有史以来最糟的宾果之夜。"詹姆斯·帕克说。

他们玩了"消失"游戏,詹姆斯观察着那个穿牛仔服的家伙。那家伙还在干他那一套,还在玩一张他没有付钱的卡片。詹姆斯会时不时地查看一下伊迪丝情况怎样。但他无法得知。她噘着嘴唇。这可以表示任何意思——好转、焦虑或痛苦。或许她就是喜欢在玩这个游戏时把嘴唇这么噘着。

詹姆斯的一张卡上有三个有效数字,另一张卡上有五个。第三张卡上什么都没有。就在这时,那个跟穿牛仔服的家伙一起的女孩尖叫道:"宾果!宾果!宾果!我有了个宾果!"

那个家伙一边拍手一边和她一起大喊大叫。"她有了个宾果!她有了个宾果,伙计们!一个宾果!"

穿牛仔服的家伙不停地拍着手。

站在舞台上的女人亲自来到女孩的桌前,把她的卡片和底单做了比对。她说:"这个年轻姑娘得了个宾果,这是个九十八块的头彩。让我们为她鼓掌祝贺,大家一起!这是个宾果!一个'消失'!"

伊迪丝和大家一起鼓掌。但詹姆斯把手放在桌子上。

当那个从舞台上下来的女人把钱递给女孩时,穿牛仔服的家伙拥抱了女孩。

"他们会用它去买毒品。"詹姆斯说。

他们待在那里玩完剩下几场游戏。他们待到了最后一场游戏结束。这是一个叫作"累积"的游戏,每次报一定数量的数字,如果没人中宾果,这周的钱就累加到下周的奖金里。

詹姆斯押上他的那份钱,不抱希望地玩着自己的卡片。他等着那个穿牛仔服的家伙喊出:"宾果!"

但没有人获胜,奖金将会累加到下一周,成为有史以来最大的奖项。

"今晚的宾果就到这里!"台上的女人宣布道,"感谢大家光临。上帝保佑你们。晚安。"

帕克两口子跟着大家走出会场,不知怎么就走在了穿牛仔服的家伙和他女朋友的后面。他们看见那个女孩拍着自己的口袋。他们看见那个女孩用胳膊搂着那个家伙的腰。

"让这两个人先走,"詹姆斯对伊迪丝悄声说,"看着他们我受不了。"

伊迪丝没说什么。但她停顿了一小会儿,好让那对年轻人走到前面去。

外面风大了起来,詹姆斯确信他听见了盖过引擎发动声的海浪声。

他看见那对年轻人停在了那辆面包车前。果然如此。他早该把这两件事联系起来了。

"这些蠢货。"詹姆斯·帕克说。

伊迪丝进了卫生间,关上门。詹姆斯脱掉风衣,放在沙发背上。他打开电视,坐在自己的位置上,等着。

过了一会儿,伊迪丝从卫生间里出来。詹姆斯将注意力集中在电视上。伊迪丝进了厨房,打开水龙头。詹姆斯听见她关上了水龙头。伊迪丝回到客厅里,说:"我估计我早晨要去看克劳福德大夫。我估计那下面真有点问题。"

"真倒霉。"詹姆斯说。

她站在那里，摇着头。他过来搂住她时，她捂住眼睛，靠在了他身上。

"伊迪丝，最亲爱的伊迪丝。"詹姆斯·帕克说。

他感到为难和害怕。他站在那里，手臂半搂不搂地环着他的妻子。

她抬头去够他的脸，吻了吻他的嘴唇，然后道了晚安。

他来到冰箱跟前。他站在打开的冰箱门前，一边喝着番茄汁，一边研究里面放着的东西。冷气吹在他身上。他看着架子上那些装有食物的容器和小袋子，保鲜膜包着的鸡肉，整齐摆放、包裹完好的东西。

他关上冰箱门，把最后一口番茄汁吐进水池里。然后他漱了漱口，给自己冲了杯速溶咖啡。他端着杯子进了客厅。他在电视机前坐下，点了根烟。他知道，只需要一个疯子和一把火，就能把所有东西毁掉。

他抽着烟，喝完咖啡，然后关掉电视。他来到卧室门前，听了一会儿。他觉得自己这么站着，听着，实在是毫无意义。

为什么不是别人？为什么不是今晚的那些人？为什么不是那些像鸟儿一样自在度过一生的人？为什么偏偏会是伊迪丝？

他从卧室门前走开。他想出去走走。但现在风刮得很大，他能听见房屋后面白桦树树枝发出的呼呼声。

他又在电视机前坐下。但没有打开它。他抽着烟，想着那两个人向前走时从容傲慢的步伐。要是他们知道就好了。要是有人能告诉他们就好了。哪怕就一次！

他闭上了眼睛。他会早点起来准备早饭。他会和她一起去见克劳福德医生。假如他们不得不和他一起坐在候诊室里，他会告诉他们等着他们的会是什么！他会教训教训这些浪荡的家伙！他会告诉他们在牛仔服和耳环之后，在互相亲昵和玩乐作弊之后，等着他们的会是什么。

他起身进了客房，打开了床边的台灯。他扫了一眼办公桌上的文件、账本和计算器。他从一个抽屉里找到一条睡裤。他掀开床单。而后，他穿过房子来到屋后，关掉开着的灯，看了看门锁好没有。有一阵，他站在厨房窗户前面，看着外面在风力作用下摇摆的树。

　　他让前廊上的灯亮着，回到了客房。他推开装毛线的篮子，拿起他放刺绣的篮子，然后在椅子上坐了下来。他打开篮子盖，取出一个金属环。上面绷着崭新的白色亚麻布。詹姆斯拿着细针就着光，把一根蓝色丝线穿进针眼。然后他开始工作——一针接着一针——幻想自己就是那个站在船骨上挥手的男人。

家门口就有这么多的水

我丈夫胃口不错。但我不觉得他是真的饿了。他嘴里嚼着,胳膊搁在桌子上,两眼盯着房间那头的什么。他看了我一眼,又把目光移开了。他用餐巾纸擦擦嘴,耸耸肩,又吃了起来。

"你老盯着我干什么?"他说。"怎么了?"他说,放下了叉子。

"我盯着你了吗?"我说,摇了摇头。

电话铃响了起来。

"别接。"他说。

"可能是你妈。"我说。

"等着瞧吧。"他说。

我拿起话筒听了一会儿。我丈夫停了下来。

"我和你说什么来着?"我挂电话时他说。他又吃了起来,然后把餐巾纸丢在盘子里。他说:"他妈的,为什么大家都这么爱管闲事?告诉我我哪儿做错了,我听着!除了我还有其他人在场。我们商量过,一起做的决定。我们不可能立马掉头往回走。我们离车有五英里远。我用不着你来评判我。听见没有?"

"你自己知道。"我说。

他说:"我知道什么,克莱尔?告诉我我该知道什么。我什么都不知道,只知道这个。"他给了我一个自以为意味深长的表情。"她死了,"他说,"我和所有人一样难过。但她死了。"

"问题就在这儿。"我说。

他举起双手。他把椅子推离桌子,拿上烟,带着一罐啤酒去了后院。我看见他在草坪躺椅上坐下来,又捡起了那张报纸。

他的名字就登在头版。和他朋友们的名字一起。

我闭上眼,扶着水池的边。然后我用手臂扫过滴水板,把盘子全都扫到了地上。

他没动。我知道他听见了。他抬起头像是在听着什么。但是他没有动。他没有转身。

他、戈登·约翰逊、梅尔·多恩和弗恩·威廉姆斯,他们常在一起玩扑克、打保龄和钓鱼。每年春天和初夏,在造访的亲友到来之前,他们都要一起去钓鱼。他们都是正经人,顾家,工作认真。他们的孩子和我们的儿子迪安一块儿上学。

上个星期五,这些顾家的男人去了纳切斯河。他们在山里停了车,徒步去钓鱼的地方。他们带着铺盖、食物、纸牌和威士忌。

他们还没扎好帐篷就发现了这个女孩。是梅尔·多恩发现的。她赤身裸体,卡在伸到水面的一些树枝中间。

他招呼其他人过来看。他们商量该怎么办。其中一个人——我家斯图亚特没说是谁——说他们应该马上回去。其他人却用鞋搅着沙子,说他们不想那么做。他们借口说累了,天也晚了,实际上这个女孩哪儿也去不了了等等。

最后他们照原计划继续,扎起了帐篷。他们堆起篝火,喝上了威士忌。月亮升上来后,他们聊起了这个女孩。有人说不能让尸体漂走。他们拿着手电筒回到河边。他们中的一个——可能是斯图亚特——涉入水中抓住了她。他抓住她的手指,把她拉到岸边。他用一截尼龙绳捆住她的手腕,再把尼龙绳的剩余部分绕在了一棵树上。

第二天早晨,他们烧了早饭,喝了咖啡,又喝了威士忌,然后分头去钓鱼。那天晚上,他们烧了鱼和土豆,喝了咖啡和威士忌,然后带着锅碗瓢盆去河边,在女孩漂着的地方洗刷起来。

他们后来玩了一会儿纸牌。也许他们一直玩到牌都看不清了。弗恩·威廉姆斯先去睡了,其他人则讲起了故事。戈登·约翰逊说因为河水太冷,他们钓到的鳟鱼身体都是硬的。

第二天早晨他们很晚才起来,喝了威士忌,钓了一小会儿鱼,收了帐篷,卷起睡袋,收拾好东西就往外走。他们开车来到一个电话亭前。是斯图亚特打的电话,其他人则站在烈日下听着。他告诉了警察他们的名字。他们没什么好隐瞒的。他们不觉得有什么可内疚的。他们说他们会等在那里,直到有人来获取更详细的路线并记录下他们的证词。

他回到家里时我已经睡着了。但在听见厨房的动静后我醒了过来。我见他拿着一罐啤酒靠在冰箱上。他用粗壮的手臂抱着我,一双大手在我的背上上下抚摸。上床后,他又把手放在我身上,然后他等着,像是在想着其他什么事情,我转过身,张开腿。完事后,我觉得他应该一直没睡。

早晨,我还没下床他就起来了。我估计他是去看看报上有些什么消息。

刚过八点,电话铃就响了起来。

"见鬼去吧!"我听见他喊道。

电话铃又响了起来,

"除了已经告诉警察的,我没什么好补充的了!"他使劲摔下话筒。

"怎么回事?"我说。

就在这时,他告诉了我我刚才告诉你们的事情。

我把摔碎的盘子和杯子扫起来后去了外面。他正仰面躺在草地上,报纸和啤酒罐都放在伸手可及的地方。

"斯图亚特,我们开车出去转一圈吧?"我说。

他翻过身来望向我。"路上买点啤酒。"他说。他站起来,经过我身边时摸了一下我的屁股。"等我一下。"他说。

我俩一声不吭地开车穿过镇子。他停在一个路边集市买了啤酒。我注意到进门处有一大沓报纸。在最上面一级台阶,一个穿着印花连衣裙的胖妇人递给一个小女孩一根甘草棒棒糖。过了几分钟,我们越过爱弗森小溪,拐进一片野餐区。溪水经过桥下,流向一个几百码外的大水塘。我看见那儿有些人。我看见他们在钓鱼。

家门口就有这么多的水。

我说:"你为什么偏偏要去那么远的地方?"

"别惹我。"他说。

我们坐在阳光下的一张条凳上。他打开啤酒罐。他说:"放轻松点,克莱尔。"

"他们说他们没犯罪。他们说他们精神失常了。"

他说:"谁?"他说:"你在说什么?"

"马多克斯兄弟。他们杀了一个叫阿琳·哈伯莉的女孩,就在我长大的地方。他们割下她的头,把她扔进了克莱·爱鲁姆河。这事发生时我还是个小女孩。"

"你要把我给惹火了。"他说。

我看着小溪。我就在里面,眼睛睁着,面朝下,瞪着溪底的苔藓,死了。

"我不知道你犯了什么病,"他在回家的路上说,"你让我越来越上火。"

我没什么可以跟他说的。

他试图集中精力开车。但他还是不停地看着后视镜。

他知道。

今早,斯图亚特以为他在让我多睡一会儿。但我在闹钟响起前就醒了。我躺在床的另一边,远离他多毛的腿,想着心事。

他把迪安打发去了学校,然后刮胡子,穿衣服,离家去上班。其间他向卧室里看了两眼,干咳了几声。但我没睁眼。

我在厨房里发现了一张他留下的纸条。落款处写的是"爱你"。

我坐在早餐间喝咖啡,在纸条上留下了一圈咖啡渍。我看了眼报纸,把报纸在桌上翻过来翻过去,又拿近了看看上面写了些什么。尸体已被确认,认领。但其间历经了几次检查,把东西放进去、切开、称重、量测,再放回去,缝起来。

我拿着报纸,坐在那儿想了很久。然后我给理发店打了个预约电话。

我坐在头发烘干机下面,腿上放了本杂志,让玛妮帮我做指甲。

"我明天要去参加一个葬礼。"我说。

"听到这个我很难过。"玛妮说。

"是被谋杀的。"我说。

"这是最糟糕的了。"玛妮说。

"我们之间没那么熟。"我说,"但是你知道的。"

"我们会把你打扮妥当的。"玛妮说。

那天晚上我是在沙发上过的夜,早晨我第一个起床。他剃须时,我烧上咖啡,准备早饭。

他出现在厨房门口,光着的肩膀上搭着条浴巾,打量着我。

"咖啡在这里,"我说,"鸡蛋一会儿就好。"

我叫醒迪安,三人一起吃早饭。只要斯图亚特一看我,我就问迪安要不要加牛奶,再来点面包之类的。

"今天我会打电话给你。"斯图亚特开门时说道。

我说:"我今天不会在家。"

"好吧,"他说,"就这样吧。"

我仔细穿戴。我试了试一顶帽子,在镜子里照了照。我给迪安留了个条子。

　　宝贝,妈咪下午有事,会晚一点回来。你在屋里或后院里玩,等我们回来。

　　　　　　　　　　　　爱你,妈咪

我看着"爱你"这个词,在下面画了一道线。然后我看着"后院"这个词。这个词这样写对吗?

我开车穿过农场，穿过燕麦地、甜菜园、苹果园和牧场，牛在吃草。不久，一切都变了。农场越来越少，房子更像是些简陋的窝棚，耸立的树群取代了果园。然后就是山。在右边的低地，纳切斯河不时映入眼中。

一辆绿色的小卡车出现在我后面，跟着我开了好几英里。我不时地在不该减速时减速，希望他能超过去。然后我开始加速。时机也不对。我紧握方向盘，把手指都握疼了。

在一段平坦无车的长路上，他超车了。但他和我并排开了一会儿，是一个剃着平头、身着蓝色工装的男人。我们互相打量了一下。然后他挥了挥手，摁了下喇叭，超了过去。

我减速，找到一个地方。我靠边停车，熄了火。我能听见树林下方河水的声音。这时我听见小卡车开了回来。

我锁上车门，摇起车窗。

"你还好吗？"这个男人说。他敲了敲车窗。"你没事吧？"他手臂靠在车门上，脸贴近车窗。

我瞪着他，想不出还能干什么。

"你没出什么事吧？怎么把自己锁在车里了？"

我摇摇头。

"把车窗摇下来。"他摇摇头，看了眼高速公路，又回过头来看我。"现在把窗子摇下来。"

"对不起，"我说，"我得走了。"

"打开门，"他说，好像没在听，"你会闷死在里面的。"

他看着我的胸脯，我的腿。我知道他正在这么做。

"嗨，宝贝儿，"他说，"我只不过是想帮帮你。"

灵柩已经盖上，上面撒满花瓣。我刚坐下，管风琴就奏响了。人们陆续进来，找好座位。有一个男孩穿着喇叭裤和黄色短袖衫。一扇门打开了，家庭成员结成一队，走到一处被帘子遮住的地方。大家坐下时传来了椅子的咯吱声。很快，一个身着深色高档西服、面容和蔼的金发男子站了起来，让我们低下头。他为我们这些活着的人做了祷告，在这之后，他为逝者的灵魂做了祷告。

我跟着人群从灵柩旁走过。然后我来到前门的台阶上，走进了下午的日光里。一个妇女在我前面跛着腿走下台阶。她在人行道上四处看了看。"唉，他们抓到他了，"她说，"如果这也算是种安慰的话。他们今天早晨逮捕了他。我来之前刚从收音机里听到的。就是这个镇子里的一个男孩。"

我们沿着炎热的人行道走了几步。人们在发动车子。我伸手扶住一个停车计时器。光亮的引擎盖和光亮的挡泥板。我头晕目眩。

我说："他有可能不是一人作案，这些杀人犯。你很难弄清楚。"

"她还是个小姑娘时我就认识她了，"妇人说，"她过去常来我这儿，我给她烤曲奇饼，让她边看电视边吃。"

回到家里，斯图亚特坐在桌旁，面前放着一杯威士忌。有那么一瞬间，我觉得是迪安出事了。

"他在哪儿？"我说，"迪安在哪儿？"

"外面。"我丈夫说。

他喝干了杯子站起来。他说:"我想我知道你需要什么了。"

他伸出手臂搂住我的腰,另一只手开始解我外套的扣子,然后是我衬衫的纽扣。

"先做最要紧的。"他说。

他说了些别的。但我无须再听。这么多的水在流,我什么也听不见。

"是的,"我说,自己解完了扣子,"在迪安回来之前。快点。"

第三件毁了我父亲的事

我来告诉你们是什么毁了我父亲。第三件事是哑巴,是哑巴死了这件事。第一件是珍珠港事件。第二件是搬来我祖父靠近威纳奇的农场。我父亲在这儿结束了他的余生,只不过也可能在那一天到来之前就已经结束了。

我父亲把哑巴的死归罪到哑巴老婆身上。后来他又说是鱼的错。最后他怪罪他自己——因为是他给哑巴看了《田野和溪流》杂志背面的广告,那是一则向全美各地运送活黑鲈鱼的广告。

自从弄到了鱼,哑巴的行为就变得古怪起来。那些鱼彻底改变了哑巴的性格。我父亲是这么说的。

我从来不知道哑巴的真名。即使有谁知道,我也从没听说过。他那时就叫哑巴,我现在也只记得他叫哑巴。他是一个长着皱纹的矮个男人，秃头，四肢短而粗壮。如果他咧开嘴笑——这种事并不经常发生——他的嘴唇会向内包住棕黄色的烂牙。这让他看上去十分狡诈。在你说话时，他水汪汪的眼睛会盯着你的嘴——如果你不说了，它们就停在你身上某个让你觉得不舒服的地方。

我不觉得他是真聋。至少不像他表现出来的那么聋。但他确实不能说话。这是肯定的。

不管聋还是不聋，哑巴从一九二〇年代起就是锯木厂的一个普通员工。这家瀑布木材公司坐落在华盛顿州的亚基马。在我认识他的那些年头里，哑巴一直是个清洁工。那么多年里，我从来没见他穿过别的。永远是一顶毡帽，一件卡其色工作衫，一件牛仔外套罩在连体工装裤外面。他的上衣口袋里总装着好几卷卫生纸，因为他的工作之一就是打扫厕所并提供卫生用品。眼看上夜班的人下班后总往自己的饭盒里放上一两卷卫生纸，你就知道哑巴的工作有多忙了。

尽管上的是白班，哑巴总带着个电筒。他还带着扳手、钳子、起子和绝缘胶布等工厂技工常带的东西。

是的，他们为此取笑哑巴，嘲笑他的做派——总是带着所有的东西。卡尔·罗易、特德·斯雷德和乔尼·韦特是取笑哑巴的人里面最为恶劣的几个。但哑巴总是不声不响地忍着。我觉得他已经习以为常了。

我父亲从来不取笑哑巴。至少我没见到过。爸爸是个剃着平头的大块头，有着厚实的肩膀、双下巴和一个很大的肚子。哑巴总是盯着那个肚子看。他会到我父亲工作的锉工间，我爸用金刚大砂轮锉锯子时，他就会坐在一个凳子上，看着我爸的肚子。

哑巴有一栋和别人一样的房子。

那是一栋临河而建、外面贴满焦油纸的房子，离镇子有五六英里。房子后面半英里的地方是一个草场的尽头，那里有个大石坑，是州里在附近铺公路时挖的。当时挖了三个相当大的坑，多年下来，它们积满了水。渐渐地，三个水塘汇成了一个。

水塘很深。看上去很阴暗。

哑巴除了房子以外还有老婆。她是个比他年轻很多的女人，据说和墨西哥人在一起鬼混。父亲说那是罗易、韦特和斯雷德这些爱管闲事的人说的。

她是个矮小壮实的女人，有一双闪烁的小眼睛。第一次见到她时，我就注意到了这双眼睛。那次我和彼得·延森一起骑车子，我们停在哑巴家门口要水喝。

她打开门时，我告诉她说我是戴尔·弗雷泽的儿子。我说："他和——"我突然反应过来了。"我是说，他和你丈夫在一起上班。我们在骑车子，想要杯水喝。"

"在这儿等着。"她说。

她回来时每只手里端着一个装着水的锡杯子。我一口喝干了我的。

但她没再给我们水。她一声不响地看着我们。当我们准备骑上车子时，她来到前廊边上。

"要是你们小伙子现在有小汽车，也许我会搭搭你们的车子。"

她咧开嘴笑了笑。相对她的嘴来说，她的牙太大了。

"我们走。"彼得说。我们就走了。

州里我们居住的那块地方没有什么鲈鱼好钓。大多数是彩虹鳟，一些高山溪流里会有少量的溪鱼和花羔红点鲑，蓝湖和里姆罗克湖里有些银鱼。除了深秋时在一些淡水河里会有洄游的虹鳟和鲑鱼外，大概就只有这些了。但如果你是个捕鱼的，这些就足够你忙活了。没有人钓鲈鱼。我认识的人里面很多只在照片上见到过鲈鱼。但我父亲在阿肯色州和佐治亚州长大时见过很多鲈鱼，因为哑巴是他的朋友，他对哑巴的鲈鱼寄予厚望。

鱼运到的那天，我去了城里的游泳池游泳。因为爸爸要去帮哑巴一把，我记得我回到家后又出门去取鱼——来自路易斯安那州巴顿鲁治的三个包裹箱。

我们上了哑巴的卡车，爸爸、哑巴和我。

原来这些箱子就是木桶，三个木桶被分别放在松木板做成的箱子里。它们立在火车站后方的阴影里，我爸和哑巴两个人一起用力才能一个个地把箱子抬上车。

哑巴小心翼翼地开车穿过镇子，同样小心翼翼地一直开到他家。经过院子时他没有停下来，一直开到了水塘跟前。这时候天几乎全黑了，他让车灯开着，从座椅下取出一把锤子和一根卸轮胎用的铁扳手，然后他俩把木板箱使劲拖到水塘边上,开始撬第一个箱子。

箱子里面的木桶包着粗麻布,盖子上面有些五分硬币大小的洞洞。他们掀开盖子,哑巴用电筒往里面照了照。

里面看上去像是有上百万条手指那么长的鲈鱼幼苗在游动。这是一幅极为奇特的景象,所有这些活的东西都在那儿动着,就像火车运来了一小片海洋。

哑巴把桶移到水塘边并把鱼倒进里面。他用手电照了照水塘。但什么也看不见了。你能听见青蛙的叫声,但只要天一黑,在哪儿都能听见。

"让我来弄剩下的箱子。"我父亲说,他伸过手来,好像是要去拿哑巴工装裤上挂着的锤子。但哑巴摇摇头,向后退了几步。

他自己打开了另外两个箱子,在干这件事时他划破了手,在木板上留下了深色的血滴。

从那天晚上起,哑巴就不一样了。

哑巴现在再也不让任何人靠近那里。他用栅栏把草场围了起来，然后用带倒刺的铁丝电网把水塘围住。听说这花去了他所有的积蓄。

当然，自从上次那件事以后，我父亲就不再和他来往了。不是因为哑巴赶走了他。不是因为不给他钓鱼，得提一句，毕竟那些鲈鱼才那么一丁点大。而是因为连看都不让他看一眼。

两年后的某个晚上，我父亲晚下班，我给他送去些食物和一罐冰茶。我看见他正站在那儿和技工斯德·格洛弗说话。我进来时听见他正说道："看他那样，你会以为这个傻子是和那群鱼结婚了呢。"

"要我说，"斯德说，"他还不如用那些栅栏围住他自己的房子呢。"

这时我父亲看见我了，我见他给斯德使了个眼色。

但一个月以后，我父亲终于迫使哑巴去做那件事。他采用的方法是：告诉哑巴必须去掉那些弱小的鱼，这样才能保证其他鱼的成长空间。哑巴站在那儿，一边拽自己的耳朵，一边盯着地面。父亲说，就这样了，他明天会过来做这件事，因为这是件非做不可的事。事实上，哑巴从来就没有说可以。他只是从没说不可以罢了。他所做的只是又拽了拽他的耳朵。

那天爸爸到家时,我早就准备好了,一直在等着他。我翻出了他钓鲈鱼用的旧鱼饵,正在用手指试着三锚钩。

"你准备好了?"他从车里跳出来,冲我喊道,"我去上趟厕所,你把东西放进来。要想开车的话,你可以来开。"

我把所有东西都放在后座上,当他戴着他的钓鱼帽、双手捧着块蛋糕吃着走出来时,我正试着方向盘。

我母亲站在门口看着。她是一个皮肤白皙的女人,金色的头发向后梳成一个紧髻,再用一个莱茵石发夹夹住。我想着在过去那些快乐的日子里,她有没有四处闲逛过,她又到底做过些什么。

我松掉手刹。母亲看着我换好挡,然后,仍然面无表情地回到屋里。

这是个天气晴朗的下午。我们把车窗全摇了下来,好让空气进来。我们跨过莫克西桥,向西拐上斯莱特路。两边田地里种着紫苜蓿,再远一点的地方是一片玉米地。

爸爸把手伸出车窗。他让风把他的手向后推。看得出来，他很兴奋。

没多久我们就开到了哑巴家。他戴着帽子从屋里走出来。他老婆在窗户那儿向外看。

"你炸鱼的锅准备好了吗？"爸爸冲着哑巴大声嚷嚷。但哑巴只是站在那儿盯着车子看。"嗨，哑巴！"爸爸喊道，"嗨，哑巴，你的鱼竿呢，哑巴？"

哑巴快速地前后晃动脑袋。他把重心从一条腿换到另一条腿上，看看地面又看看我们。他的舌头耷在下嘴唇上，他开始把脚往泥地里踩。

我挎上鱼篓，拿起我的鱼竿，并把爸爸的递给了他。

"我们可以走了吗？"爸爸说，"嗨，哑巴，我们可以走了吗？"

哑巴脱掉帽子，用头蹭了一下脱帽子的那只手的手腕。他突然转过身，我们跟在他的后面，穿过海绵般松软的草场。每走过二十英尺左右，就会有一只鹬从旧水沟边上的草丛里蹿出来。

在草场尽头，地面开始渐渐向下倾斜，变得干燥，有很多的石头，到处是荨麻丛和低矮的橡木丛。我们穿到右边，顺着一条旧车辙走过一块乳草齐腰高的草地，我们拨开草往前走，草梗顶端干了的荚果发出愤怒的嘎嘎声。现在，越过哑巴的肩膀我能看见水面的闪光，我听见爸爸喊道："哦，老天，你看哪！"

但哑巴慢了下来，不停地抬起手，在头上前后转动他的帽子，后来他干脆停了下来。

爸爸说："哎，你觉得呢，哑巴？有比这儿更好的地方吗？你觉得我们该从哪儿开始？"

哑巴润了润他的下嘴唇。

"你这是怎么了，哑巴？"爸爸说，"这是你的水塘，不是吗？"

哑巴往下看了看，捻掉工装裤上的一只蚂蚁。

"好吧，见鬼了。"爸爸说，呼出一口气。他掏出表。"如果你还没改主意的话，我们趁着天还没太黑赶快动手吧。"

哑巴把手放在口袋里，向水塘转过身去。他又开始往前走。我们在后面跟着。现在我们可以看到整个水塘了，浮上来的鱼在水面激起涟漪。不时会有一条鲈鱼跃出水面又落回去，溅起一片水花。

"我的老天。"我听见我父亲说道。

我们来到水塘边一个开阔的地方，一片像是河滩的碎石地。

爸爸向我做了个手势并蹲了下来。我也蹲了下来。他注视着我们前面的水塘，我一看，就明白了他为什么这么专注。

"我的天哪。"他低声说道。

一群鲈鱼在慢慢地游着，二三十条左右，没有一条轻于两磅。它们呼啦一下游走，又游转回来。它们之间靠得那么紧，好像在相互碰撞。它们游过时，我能看见它们厚眼皮下的大眼睛在看着我们。它们哗的一下又游走了，然后又游了回来。

这是它们自找的。不管我们是站着还是蹲着都无所谓。鱼根本就不在乎我们。我跟你讲，这景象真是值得一看。

我们在那儿坐了好一阵，看着那群鲈鱼无辜地游来游去。在这期间,哑巴一边掰着自己的手指,一边四处张望,像是在等谁出现。水塘里到处都是鲈鱼探着头用鼻子轻抚水面,跳出水面又摔回去,或者浮出水面,把脊背露在外面游动。

爸爸做了个手势,我们站起来准备抛竿。我跟你讲,我激动得发抖。我几乎无法把带着鱼饵的鱼钩从鱼竿的木手柄上解下来。正当我把鱼钩往下扯时,我感觉到哑巴粗大的手指抓住了我的肩膀。我看着他,哑巴朝我爸那个方向扬了扬下巴,作为应答。他的要求非常清楚,只能用一根竿。

爸爸脱掉帽子又戴上,随后他来到我站着的地方。

"你来吧,杰克,"他说,"没关系,儿子,你来钓。"

我在抛竿前又看了眼哑巴。他的脸变得僵硬,下巴上挂着一丝细细的口水。

"这玩意儿咬钩时使劲往回拉,"爸爸说,"这些婊子养的嘴硬得和门把手一样。"

我松开导线环,把胳膊向后伸展。我把鱼饵一下子甩出去四十好几英尺。没等我把线收紧,水里就炸开了锅。

"钓它!"爸爸大声喊道,"钓这个婊子养的!就钓它!"

我往回猛拉了两下。我钓到它了,还算顺利。鱼竿弯成了弓,来回猛烈地摇晃。爸爸不停地喊着该怎么做。

"放线,放线!让它跑!再给它点线!现在收线!收线!不,让它跑!嘿!看见了吧!"

那条鲈鱼在水塘里到处乱窜。每次从水里钻出来,它都使劲地摇头,甚至可以听见鱼饵震动的声音。然后它又游走了。但渐渐地,我把它遛累了,并把它拉到了近处。它看上去非常大,也许有六七磅重。它侧身躺着,身体在抽动,嘴张着,鳃一张一合。我膝盖发软,几乎都站不住了。但我抓住鱼竿,鱼线绷紧了。

爸爸穿着鞋蹚水过来。但当他伸手去捉鱼时,哑巴开始发出气急败坏的咕哝声,摇着头,挥舞着手臂。

"你现在又要搞什么鬼,哑巴?这孩子钓到一条我见到过的最大的鲈鱼,他不会把它放回去的,我发誓!"

哑巴继续着他的动作,朝水塘比画着手势。

"我不会让这孩子把鱼放跑的。你听见没有,哑巴?你要是觉得我会那么做的话,你最好再重新想一想。"

哑巴伸手来抓我的鱼线。同时,鲈鱼也缓过来了一点。它翻过身又游了起来。我大叫,失去了理智,一把按住卷线器上的刹车并开始收线。鲈鱼做了最后一次疯狂的挣扎。

就这样。鱼线断掉了。我几乎摔了个四脚朝天。

"走,杰克。"爸爸说,我见他一把抓起鱼竿。"走,该死的蠢货,别让我把他给揍趴下。"

那年二月,河里发起了大水。

十二月的前几个礼拜,雪下得很大,圣诞节前天气变得非常冷。土地都冻上了。雪都在原地待着。但快到一月底时,刮起了钦诺克风①。我在一天早晨醒来,听见屋子被风吹得呼呼响,水不停地从屋顶上往下淌。

---

① 钦诺克风(Chinook wind)是北美落基山脉东坡的一种干暖西南风。它导致气温快速上升,落雪迅速融化。

风一连刮了五天，河水从第三天开始上涨。

"涨到十五英尺了，"一天晚上，我父亲从报纸上抬起头来，"比发洪水需要的水位还高了三英尺。老哑巴就要失去他的宝贝了。"

我想去莫克西桥那儿看看河水到底涨了有多高。但我爸不许我去。他说洪水没什么好看的。

两天以后河里的水涨满了，之后就开始向四处流溢。

一周后的一个早晨，我、奥林·马歇尔和丹尼·欧文斯一起骑车去哑巴家。我们把车停下来，走路穿过和哑巴家接壤的那块草场。

那天天气潮湿，刮着很大的风，破碎的乌云快速移过天空。地面湿透了，我们不停地踩进茂密草丛里的污水坑。丹尼刚学会说脏话，每当污水漫进他的鞋子，他就把刚学会的最难听的脏话全骂一遍。我们可以看见草场尽头涨了水的河。水位还是很高，水溢出了河道，绕着树根奔涌，吞蚀土地的边缘。河中间，水流又急又大，不时会有一团灌木丛，或一棵支棱着枝丫的树漂过。

我们来到哑巴的铁丝网跟前，看见一头母牛猤在了铁丝网上。它身体肿胀，皮肤灰里透亮。无论是大是小，这是我见到过的第一具死尸。我记得奥林拿起一根棍子，戳了戳它睁开的眼睛。

我们沿着铁丝网向河那边走。我们不敢靠近铁丝网，因为觉得它可能还带着电。但在一个像是很深的沟渠边上，铁丝网不见了。它就这么和地面一起陷进了水里。

我们跨了过去，沿着新形成的水渠向前走，这条水渠径直穿过哑巴的地，通向他的水塘，河水纵向汇入了水塘，在水塘的另一端冲刷出一个出水口，再蜿蜒曲折地向前流，直到和更远处的河流汇在一起。

毫无疑问，哑巴的鱼多半被水带走了。而那些没被带走的也可以自由进出了。

这时我看见了哑巴。看见他吓了我一跳。我向另外两个家伙摆摆手，我们全都趴了下来。

哑巴远远地站在水塘的另一边，就在靠近河水冲出去的地方。他就那么站在那里，是我见到过的最悲伤的人。

"我真替老哑巴难过,虽然,"几周后我父亲在晚餐时说道,"别忘了,这个可怜的恶棍是自找的。但你没法不替他难过。"

爸爸接着说乔治·莱库克看见哑巴的老婆和一个大块头的墨西哥人坐在运动爱好者俱乐部里。

"而事情远不止如此……"

母亲严厉地瞪了他一眼,又看了看我。但我继续吃着,就像什么都没听见一样。

爸爸说:"真他妈见鬼,贝亚,儿子已经够大了!"

哑巴变了,变了许多。只要可以,他就不和其他人待在一起。自从上次卡尔碰掉他的帽子,哑巴拿着根粗棒钉追赶他以后,就再也没人愿意和他开玩笑了。但最糟糕的是哑巴现在每周平均旷工一到两天,有人在说他要被解雇的事。

"这人动不动就发怒,"爸爸说,"如果再不注意的话他会疯掉的。"

就在我生日前的一个星期天下午,我和爸爸在清理车库。那天很暖和,有点扬沙。可以看见空气中悬浮着的灰尘。母亲来到后门口，说道："戴尔，你的电话。我想是弗恩的。"

我跟着爸爸进屋里洗手。说完话后，他放下电话转向我们。

"是哑巴，"他说，"他用一把锤子干掉了他老婆，然后把自己淹死了。弗恩刚从镇上听到的。"

当我们赶到那里时，车子停得到处都是。通向草场的门开着，我能看见通向水塘的车辙。

纱门半开，被一个箱子顶着，边上站着一个面容消瘦、满脸麻子的男人，他穿着便裤和运动衫，肩膀下方佩着手枪套。他看着我和爸爸从车子里出来。

"我是他的朋友。"我爸对那人说。

那人摇摇头。"管你是谁。别靠近，除非这事和你有关。"

"找到他了吗？"爸爸说。

"他们还在水塘里搜查。"男人说，调整着他枪套里的手枪。

"我们可以过去吗？我和他很熟。"

男人说:"你们可以试试看。他们会赶你们走的,别说我没警告过你们。"

我们沿着那天去钓鱼时走过的路线穿过草场。摩托艇在水塘里开动,排出的废气污尘漂浮在水面上。可以看见水是从哪里把地面冲开并带走树木和石块的。两艘摩托艇里坐着穿制服的人,他们来回开,一个人驾驶,另一个人操弄绳子和钩子。

一辆救护车停在碎石河滩上等着,我们曾在那里钓过哑巴的鲈鱼。两个穿着白色衣服的男人懒洋洋地靠在车子后面吸烟。

其中一辆摩托艇熄了火。我们都抬起头来看。艇后部的男人站起来,开始拉绳子。过了一会儿,一只手臂露出了水面。钩子似乎勾住了哑巴的一侧。手臂沉下去又露了出来,还挂着一捆其他东西。

那不是他,我心想。那是老早就在那里的其他东西。

艇前部的男人走到后部,两人一起把那个滴着水的东西从艇的一侧拉了上来。

我看着爸爸。他脸上的表情极其古怪。

"女人,"他说,"这就是娶错女人的下场,杰克。"

但我不觉得父亲真的相信他说的话。我觉得他只是不知道该怪谁和应该说些什么。

我觉得从那以后,父亲所有的一切都每况愈下。就像哑巴一样,他也不再是从前的他了。那只从水里抬起又落下去的手臂,像是在挥别好时光和招呼坏时光的到来。因为自从哑巴在那个深暗的水塘里自杀后,除了坏时光,便再无其他了。

这就是一个朋友死后会发生的事吗?把厄运留给他活着的朋友?

但就像我说的,珍珠港事件和不得不搬到他父亲那里这两件事,也对我父亲没有一丁点好处。

严肃的谈话

薇拉的车停在那里,边上没别的车,伯特觉得很庆幸。他拐上车道,在他昨晚掉在那儿的南瓜派旁停了车。派还在那儿,铝盘底朝天扣着,南瓜泥在地上摊了一圈。这是圣诞节后的第一天。

他在圣诞节那天去看望他的妻子和孩子了。薇拉在此之前就警告过他。她对他讲了实情。她说他六点前必须离开,因为她的一位朋友和他的孩子要过来吃晚饭。

他们坐在客厅里,郑重地打开伯特带来的礼物。他们只打开了他的礼物盒,而其他包着节日彩纸的礼物盒都在圣诞树下堆着,等着六点以后打开。

他看着孩子们拆开礼物,等着薇拉解开她礼物盒上的丝带。他看着她撕开包装纸,打开盒盖,取出那件开司米羊毛衫。

"很好看,"她说,"谢谢你,伯特。"

"穿上试试。"他女儿说。

"穿穿看。"他儿子说。

伯特看着他儿子,感激他对自己的支持。

她真的去试了。薇拉进了卧室,穿着它走了出来。

"很好看。"她说。

"是你穿着很好看。"伯特说,感到胸口有东西在往外涌。

他打开了给他的礼物。来自薇拉的是一张桑德海姆男装店的礼品券。一套配对的梳子和发刷来自女儿。一支圆珠笔来自儿子。

薇拉端来汽水,他们聊了一小会儿。但多数时间在看圣诞树。后来他女儿起身去摆放餐厅里的桌子,他儿子去了他自己的房间。

但伯特喜欢他待着的地方。他喜欢待在壁炉前面,手里端着杯喝的,他的房子,他的家。

薇拉去了厨房。

他女儿不时拿着件东西走进餐厅,准备摆桌。伯特看着她。他看着她把亚麻布餐巾叠起来，放进葡萄酒杯里。他看着她把一个细细的花瓶放在桌子中央。他看着她小心翼翼地把一朵花插进花瓶。

一小块带着锯末和树蜡的木头在壁炉里燃烧着。炉边的纸箱子里还放着五块备用的。他从沙发上站起身，把它们统统塞进了壁炉。他看着它们燃起火焰。然后他喝完汽水，朝院门走去。途中，他看见餐具柜上并排放着的派。他把它们叠起来揣在怀里，一共六块，每一块用来抵偿她的十次背叛。

车道上，他在黑暗中摸索着打开车门时掉了一块派。

自从那天晚上他的钥匙断在锁里后，前门就永远地锁上了。他绕到后面，院门上挂着一个圣诞花环。他敲了敲玻璃。薇拉穿着浴袍。她从里面看着他，皱了皱眉头。她把门打开了一点。

伯特说："我想就昨晚的事向你道歉。我也想向孩子们道歉。"

薇拉说："他们不在。"

她站在门口,他站在院子里的一株喜林芋旁边。他摘掉衣袖上的一个线头。

她说:"我受够了。你曾想放火把房子烧了。"

"我没有。"

"你有。这儿所有人都看见了。"

他说:"我能进屋里说话吗?"

她掖紧浴袍领口,然后转身往里走。

她说:"我一个小时以后要出门。"

他四处看了看。树上的灯泡一明一灭地闪烁着。沙发的一端有一堆彩色薄纸和鲜亮的盒子。一只盛着火鸡残骸的大盘子放在餐桌正中央,火鸡皮还残留在垫盘底的荷兰芹上,看上去像一个可怕的鸟巢。堆成小山似的炉灰塞满了壁炉。那儿还有一些喝空了的可乐罐。一道烟痕顺着砖墙延伸至壁炉架,架上的木头已经被烟熏黑了。

他回身进了厨房。

他说:"你那个朋友昨晚什么时候离开的?"

她说:"如果你想吵架的话,你现在就可以走了。"

他拉出一把椅子在餐桌旁坐下,正对着那个大烟灰缸。他闭上眼睛又睁开。他把窗帘往边上拉了拉,看了看后院。他看见一辆没前轮的脚踏车头朝下栽在那里。他看见野草沿着红杉木栅栏生长。

她往炖锅里倒水。"你还记得感恩节吗?"她说,"那时我就说过这将是你毁掉的最后一个节日。晚上十点钟不是在吃火鸡而是在吃培根和鸡蛋。"

"我知道,"他说,"我说过对不起。"

"光说对不起是不够的。"

煤气炉的引火又熄灭了。她在炉子跟前,试着把放着锅的煤气炉点着。

"别烧着自己,"他说,"别把自己给烧着了。"

他设想她的浴袍烧着了,他从桌旁跳起来,把她推倒在地,滚呀滚地把她滚进客厅,再用自己的身体盖住她。还是他应该先跑进卧室去拿一条被单?

"薇拉?"

她看着他。

"你这儿有喝的吗?我今天早晨需要来一点。"

"冰箱里有点伏特加。"

"你什么时候开始在冰箱里存放伏特加了?"

"别问。"

"好的,"他说,"我不问。"

他拿出伏特加,往柜台上找到的一个咖啡杯里倒了一点。

她说:"你就准备这样喝,就用这个咖啡杯?"她说:"天哪,伯特。你到底想谈点什么?我跟你说了我要出门。我一点钟有堂长笛课。"

"你还在上长笛课?"

"我刚才说过了。怎么了?告诉我你脑子里在想些什么,然后我就要收拾出门了。"

"我想说对不起。"

她说:"你说过了。"

他说:"如果你有果汁的话,我想掺点到伏特加里。"

她打开冰箱门,把里面的东西挪动了一下。

"有蔓越橘苹果汁。"她说。

"可以。"他说。

"我要去浴室了。"她说。

他喝着杯中的蔓越橘苹果汁兑伏特加。他点了根烟，把火柴扔进了那个总是放在餐桌上的大烟灰缸里。他研究着里面的烟蒂。有些是薇拉抽的牌子，有些不是。有些甚至是淡紫色的。他站起身，把烟缸里的东西都倒在了水池底下。

这个烟灰缸其实并不是烟灰缸。这是他们在圣塔克拉拉的一家商场里，从一个留胡子的陶艺人手里买来的大瓷盘。他用水把它冲了冲，再擦干了。他把它放回到桌子上。然后把他的烟在里面摁灭了。

电话铃响起时，炉子上的水正好烧开了。

他听见她打开浴室门，隔着客厅冲他喊道："接一下！我正要去洗澡。"

厨房里的电话放在柜台上的一个角落里，在烤盘的后面。他移开烤盘，拿起了话筒。

"查理在吗？"那个声音说。

"不在。"伯特说。

"好吧。"那个声音说。

当他准备去泡咖啡时，电话又响了起来。

"查理？"

"不在这里。"伯特说。

这次他没有把话筒放回去。

薇拉穿着毛衣和牛仔裤,梳着头发回到厨房。

他把速溶咖啡舀进盛着开水的杯子里,然后往他自己的那杯里滴了点伏特加。他端着杯子来到桌前。

她拿起话筒,听了听。她说:"怎么回事?谁打来的电话?"

"没谁,"他说,"谁抽带颜色的香烟?"

"我抽。"

"我不知道你抽那种。"

"嗯,我抽。"

她坐在他的对面喝咖啡。他们抽着烟,用着那个烟灰缸。

他有很多想说的话,伤心的话,安慰的话,这一类的话。

"我一天抽三包,"薇拉说,"我是说,如果你真想知道这里的情况的话。"

"我的老天爷。"伯特说。

薇拉点点头。

"我来这儿不是想听这个的。"他说。

"那你来是想听点什么?你想听房子被烧掉了?"

"薇拉,"他说,"现在是圣诞节。这是我来这儿的原因。"

"昨天是圣诞节。"她说。"圣诞节来了又走了,"她说,"我再也不想过下一个了。"

"那我呢?"他说,"你以为我盼着过节吗?"

电话铃又响了起来。伯特拿起了话筒。

"有人要找查理。"他说。

"什么?"

"查理。"伯特说。

薇拉拿过话筒。她说话时背对着他。然后她转过身来对他说:"我要去卧室接这个电话。你能不能等我在里面拿起话筒后把它挂了?我听得出来,所以我一说话你就挂了它。"

他接过话筒。她离开了厨房。他把话筒放在耳边听着。他什么也听不见。然后他听见一个男人清嗓子的声音。他听见薇拉拿起了另一个话筒。她高喊道:"好了,伯特!我接起来了,伯特!"

他放下话筒,站在那儿看着它。他打开放刀叉的抽屉,在里面翻了翻。他打开另一个抽屉。他看了看水池。他去餐厅找到那把切肉刀。他把刀放在热水下面冲着,直到把上面的油污都冲掉了。他把刀刃在衣袖上擦了擦。他来到电话跟前,把电话线对折,不费吹灰之力就把它割断了。他检查了一下断口,然后将电话一把推到烤盘后面的角落里。

她走进来。她说:"电话断了。你有没有动电话?"她看了看电话,把它从台上拿起来。

"婊子养的!"她尖叫着。她尖叫道:"出去,去你该待的地方去!"她冲着他摇着手里的话筒。"没什么好说的了!我这就去弄一张限制令[①]来,马上就去弄!"

她把话筒摔在台子上时,它发出"叮"的一声。

[①] 限制令(restraining order),来自法院的一种禁止令。它常用于家庭暴力、性侵犯等情况下,限制一方不得接近另一方。

"如果你现在不离开这里,我就去隔壁给警察打电话!"

他拿起烟灰缸。他抓住烟灰缸的边缘。他拿着它的姿势像是一个准备掷铁饼的人。

"别这样,"她说,"那是我们的烟灰缸。"

他是从院门那里离开的。他不是很确定具体是什么,但他觉得自己已经证明了一些事情。他希望他已经把某些东西表达清楚了。那就是,他们之间必须尽快进行一次严肃的谈话。有些事情必须谈开来,有些重要的事情必须讨论。他们会再次交谈的。也许等过完节,一切都恢复正常以后。比如,他会告诉她说,那个该死的烟灰缸只是个该死的盘子。

他绕过车道上的南瓜派,进到自己的车里。他发动车子,挂上倒挡。直到放下烟灰缸后,他的行动才方便了一点。

平静

我正在理发。我坐在椅子上,三个男人在我对面沿墙并排坐着。等理发的人里面有两个我不认识。但我认出了另外一个,虽然我还不能把他完全对上号。理发师给我理发时我一直看着他。这个男人的嘴里转动着一根牙签,一个健壮的男人,头发短而鬈曲。后来我终于把他和那个穿制服戴帽子、在银行大厅里瞪着一双警觉的小眼睛的人挂上了钩。

另外那两个人当中,一个已经相当老了,满头灰白的鬈发。他正在吸烟。另一个人虽然没那么老,但头顶几乎全谢了,两边的鬓发却长过了耳朵。他穿着伐木靴,裤子上全是机油,亮晃晃的。

理发师把一只手放在我头顶上,把我转到一个容易看清楚的方向。然后他对那个警卫说:"打到鹿了吗,查尔斯?"

我喜欢这个理发师。尽管我们还没有熟到用名字来称呼对方。但我来剃头时,他认得我。他知道我过去常去钓鱼。所以我们会聊一会儿钓鱼。我觉得他没打过猎,但他什么话题都能聊。从这点来说,他是个好理发师。

"比尔,这是个很好笑的故事。是件糟糕透顶的事情。"警卫说。他把牙签拿出来,放进烟灰缸。他摇了摇头。"我算是打着了但又没打着。所以对你问题的回答是,是和不是。"

我不喜欢那个人的嗓音。那种嗓音和警卫不相符。不是你期望的那种嗓音。

另外两个人抬起头来。年纪较大的正在翻阅一本杂志,吸着烟,另一个人拿着一张报纸。他们放下正在看的东西,转过身来听警卫说话。

"接着讲,查尔斯,"理发师说,"说给我们听听。"

理发师把我的头又转了一下,接着剪了起来。

"我们去了费可尔山。我家老爷子、我和我儿子。我们在鹿出没的地方狩猎。老爷子守一座山头,我和儿子守另一座山头。这小子昨晚喝多了，这该死的东西。他一副要吐的样子，一整天都在喝水，喝我和他的水。那时已经是下午，而天刚亮我们就出门了。但我们还抱有希望。我们盘算山下的猎人有可能把鹿赶到我们这边来。所以当谷底响起枪声时，我们正坐在一根木头后面，窥视着鹿藏身的地方。"

"那下面有几处果园。"拿报纸的男人说道。他有点坐立不安，跷着一条腿，摇晃了一阵靴子，又换了条腿跷着。"鹿常在那些果园附近转悠。"

"没错，"警卫说，"它们晚上溜进去，这帮畜生，去吃那些没熟的小苹果。说回来，我们听见枪声时，正干坐在那里。就在这时，一头巨大的老雄鹿从不到一百英尺远的灌木丛中蹿了出来。我儿子是和我同时看见它的，当然，他立刻趴下，胡乱放起枪来。这个木鱼脑袋。那头雄鹿没有受到任何伤害。至少从结果来看，这小子没有打中它。但它已经分不清枪声是从哪里来的，也不知道该往哪儿跑。于是我开了一枪。但在混乱中，我只把它给打晕了。"

"打晕了？"理发师说。

"是的，打晕了，"警卫说，"这一枪打在了它的肚子上。像是被吓坏了。它低下头抖了起来，全身都在颤抖。这小子还在放枪。我呢，我感到自己像是又回到了朝鲜战场。我又开了一枪，但没打中。然后老雄鹿先生跑进了树丛。但此时，天晓得，它已经筋疲力尽。那小子毫无目标地乱放了一通枪，把该死的子弹全打光了。但我狠狠地击中了它。我把一颗子弹射进了它的肚子里。这就是我说的把它打晕了的意思。"

"后来呢？"拿报纸的男人说，他已经把报纸卷了起来，用它敲着膝盖。"后来呢？你们肯定追踪它了吧。它们每次都会找一个很难被发现的地方去死。"

"你们追踪它了？"那个年纪大的问道，虽然这不太像是个问题。

"追了。我和我儿子，我俩追踪它了。但这小子没什么屁用。他在路上又难受起来，拖慢了我们的速度。这个傻瓜。"想着当时的情景，警卫忍不住笑了起来。"喝了酒，鬼混了一夜，然后说自己可以去打鹿。他现在算是知道了，天晓得。不过，我们当然去追踪它了。一阵好追。地上有血，树叶上有血。到处都是血。

145

从来没见过一只雄鹿有这么多的血。我不知道这个倒霉蛋怎么可以不停地跑下去的。"

"有时它们会永远不停地跑下去,"拿报纸的男人说,"它们每次都给自己找个不容易被发现的地方去死。"

"我把这小子臭骂了一顿,他一枪也没打中,他跟我顶嘴时,我狠狠给了他一巴掌。就这儿。"警卫指着他的侧脸,咧嘴笑了起来。"我扇了他好几巴掌,这该死的东西。他还没长大。他需要这个。问题是,天黑了下来,没法再追了,加上这小子落在后面吐个不停。"

"好吧,现在那头鹿该归那些山狼了,"拿报纸的男人说,"还有乌鸦和秃鹰。"

他展开卷起来的报纸,把它抹得平平展展的,然后放在了一边。他又跷起一条腿。他看着我们,摇了摇头。

年长的那人在椅子里转过身,注视着窗外。他点了根烟。

"我也这么认为。"警卫说,"也很可惜。它是个又老又大的畜生。所以回答你的问题，比尔，我既打到又没打到鹿。但不管怎么说，鹿肉还是摆上了桌。因为后来老爷子打到了一头小鹿，已经把它带回营地，吊起来，干净利索地取出了内脏，心肝五脏包在一张蜡纸里，放进了冰箱。一头小鹿。只不过是一头小畜生。但把老爷子给乐坏了。"

警卫环顾了一下理发店，像是在回想什么。他拿起牙签，把它插回嘴里。

年长的男人把烟灭了，转向警卫。他吸了口气说道："你现在应该马上去那儿找那头鹿，而不是来这儿剃什么头。"

"你怎么能这么说话，"警卫说，"你这个老狗屎。我在哪儿见过你。"

"我也见过你。"年长的说道。

"伙计们，够了。这是我的理发店。"理发师说。

"我该扇你几耳光才对。"年长的说道。

"你试试看。"警卫说。

"查尔斯。"理发师说。

理发师把梳子和剪刀放在台子上，两只手按住我的肩膀,好像我会从椅子上跳起来,搅到这件事里去似的。"艾尔伯特,我已经给查尔斯和他儿子剃了好几年的头了。我希望这事到此为止。"

理发师来回看着这两个人,他的手一直放在我的肩膀上。

"到外面说去。"拿报纸的男人说,他脸上泛着红光,希望发生点什么。

"够了,"理发师说,"查尔斯,我不想再听见任何和这有关的事情。艾尔伯特,下一个该你了。就现在。"理发师面向那个拿报纸的男人。"我从来没见过你,先生,如果你不插一杠子的话,我会很感谢你的。"

警卫站了起来。他说:"我想我待会儿再来剃头。现在这里的人没什么劲儿。"

警卫走了出去,使劲把门带上。

年长的坐在那儿吸烟。他看着窗外。他查看着手背上的什么。他站起来并戴上帽子。

"对不起,比尔,"年长的说道,"我可以等几天再来剪。"

"没事，艾尔伯特。"理发师说。

年长的出去后，理发师走到窗前，看着他离去。

"艾尔伯特得了肺气肿，剩下的日子不多了。"理发师在窗前说道，"我们过去常一起去钓鱼。他教了我所有和鲑鱼有关的东西。还有女人。她们曾缠着这个老小子不放。不过，他现在火气不小。但说实话，这次是有人惹了他。"

拿报纸的男人怎么也坐不住。他站起来四处走动，又停下来把所有的东西都查看一番——帽架、比尔和他朋友的照片、来自五金店的附有每月风景的日历。他一页一页地翻着。他甚至站在那儿仔细查看比尔挂在墙上裱起来的理发执照。然后他转过身来说："我也走了。"就像他说的那样，他走掉了。

"我说，你还让不让我把这个头剃完？"理发师对我说道，好像这一切都是我引起的。

理发师把椅子里的我转到面向镜子。他把手放在我头的两侧。他最后一次为我摆正位置，然后把头低下来，紧挨着我的头。

我们一起看着镜子,他的手仍然扶着我的头。

我看着我自己,他也看着我。但就算他看出了什么,他也并没有说出来。

他用手指捋着我的头发,动作很慢,像是在思考着什么。他用手指捋着我的头发,动作很温柔,像一个恋人。

那是在加州的新月市,靠近俄勒冈州边界。我不久就离开了那里。但如今我回想起那个地方,回想新月市,回想我和妻子怎样在那里尝试过一种新的生活,以及那天早晨我怎样坐在理发师的椅子里,做出离开那里的决定。如今我回想起当我闭上眼睛、让理发师的手指在我发间移动时感到的平静,那些手指传递的温柔,那些已经开始生长的头发。

大众力学

那天早晨变了天,雪正在融化成污水。融雪的水痕从对着后院的齐肩高的小窗户上淌了下来。车子溅起街道上的污水,天渐渐地暗下来了。屋里也越来越黑。

她来到卧室门口时他正往箱子里面塞衣服。

你走了真让我高兴!你走了真让我高兴!她说。听见没有?

他在不停地往箱子里放东西。

婊子养的!你走了我真是太高兴了!她哭了起来。你都不敢看着我的脸,对吗?

她注意到床上放着孩子的照片,把它拿了起来。

他看着她,她擦了擦眼睛,瞪着他,然后转身往客厅走去。

把那个拿回来,他说。

拿上你的东西滚出去，她说。

他没有回答。他捆好箱子，穿上外套，关灯前巡视了一遍卧室。然后他离开卧室走进了客厅。

她抱着宝宝，站在小厨房的门口。

我要孩子，他说。

你疯啦？

没有，我要孩子。我会让人来拿他的东西。

你别想碰这个孩子，她说。

宝宝哭了起来，她打开包住他头的毯子。

哦，哦，她说，看着孩子。

他向她走过来。

看在老天的分上！她说。她向厨房后退了一步。

我要孩子。

滚出去！

她在炉子后面的一个角落转过身去，想护住孩子。

但他走上前。他隔着炉子伸过手来，紧紧抓住宝宝。

放开他，他说。

滚开，滚开！她哭喊道。

孩子脸色通红，哭喊着。厮打过程中，他们把炉子后面挂着的一个花盆碰掉了。

他把她逼到墙角，试图掰开她握紧的手。他抓住孩子，用尽全力推开她。

放开他，他说。

别这样，她说。你伤着孩子了，她说。

我没伤着孩子，他说。

厨房窗户不透一点光。黑暗中，他用一只手掰开她紧握在一起的手指，另一只手死死抓住正在哭喊的孩子靠近胳肢窝的地方。

她感觉到她的手指被硬掰开了。她感觉到宝宝正在离开她。

不！她在手松开的那一霎尖叫道。

她要这个孩子。她去抓孩子的另一只胳膊。她抓住孩子的手腕往后扯。

但他不愿意放手。他感觉到孩子正从他手中滑脱，他使劲往回拽。

这个问题，就以这种方式给解决了。

所有东西都粘在了他身上

她来米兰过圣诞,想知道她孩提时的事情。

告诉我,她说。告诉我我小时候是什么样的。她呷着利口酒,专注地看着他,等着。

她是个时髦、苗条、很有魅力的姑娘,从头到脚无可挑剔。

那是很久以前的事了。二十年前的事了,他说。

你想得起来的,她说。讲嘛。

你想听什么?他问道。我还能告诉你些什么呢?我可以告诉你一些你还是个婴孩时的事。与你有关,他说。但关系不大。

告诉我,她说。但先再给我俩倒杯酒,待会儿就不用在半截上停下来了。

他端着酒从厨房回来,在椅子上坐好,开始讲述。

这个十八岁的男孩和这个十七岁的女孩结婚时,他们自己还是孩子呢,但他们爱得死去活来。没多久,他们就添了个女儿。

这个孩子在十一月末的一次寒流期间降生,正赶上水鸟狩猎的高峰期。男孩喜欢打猎,明白吗,这是故事的一部分。

男孩和女孩,现在是丈夫和妻子,是父亲和母亲了,他们住在一间牙医诊所楼下的小公寓里。他们每晚打扫楼上的诊所,以此来抵房租和水电费。夏天他们得维护草地和花木。冬天男孩要把过道的雪铲掉并撒上粗盐。你还在听我讲吗?你明白我说的吗?

我在听,她说。

那就好,他说。有一天,牙医发现他们在用他的专用信纸写私人信件。但这是另外一码事了。

他从椅子上站起身来,望向窗外。他看着石瓦屋顶和不停飘落在上面的雪花。

讲完这个故事,她说。

这两个孩子非常相爱。此外,他们都有很大的野心。他们总在谈论要做的事情和要去的地方。

男孩和女孩睡在卧室里，婴儿睡在客厅里。要说婴儿那时大概才三个月大，刚刚开始能睡整觉。

一个周六晚，男孩干完楼上的活后，待在牙医的办公室里，给他爸爸打猎的老朋友打了个电话。

卡尔，那人拿起话筒时他说，管你信不信，我做父亲了。

祝贺你，卡尔说。妻子怎么样？

她没事，卡尔。大家都好。

那就好，卡尔说。真替你们高兴。如果你来电话是问打猎的事，你听我跟你讲。成群成群的大雁都飞来这儿了。打了这么多年猎，我还从没见过这么多。我今天打了五只。明天一早我还去那里，你如果想去的话，可以一起走。

我要去，男孩说。

男孩挂了电话，下楼对女孩说了。她在一旁看着他整理东西。猎装、子弹袋、靴子、袜子、打猎帽、长内衣和猎枪。

你什么时候回来？女孩问。

大概中午吧，男孩说。但也有可能要到六点。那样会太晚吗？

没事，她说。孩子和我没问题。你尽管去，玩开心点。等你回来后，我们把宝宝打扮一下，去萨利那儿看看。

男孩说，听上去是个好主意。

萨利是女孩的姐姐。美得惊人。我不知道你有没有见过她的照片。男孩有点爱慕萨利，就像他有点爱慕贝西一样，贝西是女孩的另一个姐姐。男孩过去常对女孩说，如果我俩没结婚的话，我会去追萨利。

那贝西呢？女孩曾问过。我虽然不想承认，但我真的觉得她比萨利和我都好看。她怎么样？

贝西也行，男孩说。

晚饭后，他把炉火调大，帮着她给宝宝洗澡。他再次为孩子的长相惊叹，孩子一半的特征像他，一半像女孩。他给这个小身体擦上粉，又往手指和脚趾间撒了点粉。

他把洗澡水倒进水池里后，就上楼查看天气。外面天气阴冷。曾经是草坪的地方看上去像块帆布，在街灯下面显得僵硬灰白。

雪堆积在过道的两侧。一辆车开过。他听见轮胎压过沙子发出的声音。他想象着明天的情形，雁群在他头顶打转，枪托撞击着他的肩膀。

然后他锁上门下了楼。

上床后他们想读点什么，但两人都睡着了，先是她，手里的杂志陷进了被窝。

他被孩子的哭声弄醒了。

外屋的灯亮了。女孩站在婴儿床边上，摇晃着怀里的小宝宝。她放下婴儿，关了灯，回到床上。

他听见了婴儿的哭声。这次女孩没动窝。婴儿断断续续地哭了一阵，停了下来。男孩听了一会儿，又打起盹儿来。但婴儿的哭声又把他吵醒了。客厅里灯火通明。他坐起来，打开了台灯。

我不知道是怎么回事，女孩说，抱着孩子来回走动。我已经给她换了尿片，又喂过她了。但她还是哭个不停。我累死了，真担心她会从我手上掉下去。

你回床上来，男孩说。我抱她一会儿。

他爬起来接过孩子,女孩回到床上躺下。

再摇她一小会儿,女孩在卧室里说。说不定她就睡着了。

男孩抱着孩子坐在沙发上。他用膝盖轻轻颠着她,直到她闭上了眼睛,他自己的眼睛也快合上了。他小心翼翼地站起身,把孩子放进婴儿床。

现在是四点差一刻,他还可以睡上四十五分钟。他爬上床,睡着了。但几分钟后,婴儿又哭上了。这一次,两人都爬了起来。

男孩做了一件很差劲的事情。他咒骂了一声。

看在老天的分上,你这是怎么了?女孩对他说。也许她生病了或是之类的。也许我们不该给她洗澡。

男孩抱起孩子。孩子蹬了蹬脚,笑了。

你看,男孩说,我真的不觉得她有什么病。

你是怎么知道的?女孩说。过来,把她给我。我知道该给她吃点药,但不知道该吃什么。

女孩再次把孩子放下来。男孩和女孩都看着婴儿,婴儿又哭了起来。

女孩抱着孩子。宝贝,宝贝,说话时女孩眼里含着泪。

有可能她的肚子不舒服,男孩说。

女孩没说话。她不停地摇晃着怀里的孩子,没有搭理男孩。

男孩等了一会儿。他去厨房烧上做咖啡的水。他在短裤和T恤衫外面套上羊毛衬衣,系上扣子,然后穿上外衣。

你在干吗?女孩说。

打猎去,他说。

我觉得你不该去,她说。她这个样子,我不想一个人留下。

卡尔计划好我去的,男孩说,我们已经定好了。

我才不管你和卡尔计划好什么,她说。我也根本不在乎卡尔。我甚至都不认识这个人。

你过去见过卡尔。你认识他,男孩说。你说你不认识他是什么意思?

这不是问题的关键,你知道这一点,女孩说。

关键是什么?男孩说。关键是我们计划好了。

女孩说，我是你的妻子。这是你的孩子。她病了还是怎么了。你看看她。不然她为什么要哭？

我知道你是我的妻子，男孩说。

女孩哭了起来。她把宝宝放回婴儿床，但宝宝又哭上了。女孩用她的睡衣袖子擦了擦眼泪，又把孩子抱了起来。

男孩系上鞋带，穿上衬衫、毛衣和外套。厨房炉子上的水壶发出哨声。

你必须做出选择，女孩说。卡尔还是我们。我是认真的。

你这是什么意思？男孩说。

你听见我说的了，女孩回答道。如果你想要个家的话，你必须做出选择。

他们盯着对方看了一会儿。随后男孩拿上他的打猎用具走了出去。他把车发动起来，绕到车窗前，像在做一件很艰难的事情似的，刮着上面的冰。

他关掉引擎，在里面坐了一会儿。然后他下了车，回到屋里。

客厅的灯亮着。女孩已经在床上睡着了。孩子在她身旁睡着。

男孩脱掉他的靴子,又脱下其他衣服。他只穿着袜子和长衬衣,坐在沙发上看星期天的报纸。

女孩和孩子继续睡着。过了一会儿,男孩去了厨房,开始煎培根。

女孩穿着睡袍走出来,用手臂搂着男孩。

嗨,男孩说。

对不起,女孩说。

没关系,男孩说。

我不想那么凶的。

是我不对,他说。

你坐下吧,女孩说。华夫饼加煎培根如何?

听上去很不错,男孩说。

她把培根从煎锅里取出来,和好做华夫饼的面团。他坐在桌旁,看着她在厨房里忙碌。

她在他面前放了个盘子,里面有培根和一块华夫饼。他往上面抹好黄油,浇上糖浆。但当他切开饼时,他把盘子打翻到了腿上。

怎么搞的，他说，从桌旁跳了起来。

瞧瞧你自己这副样子，女孩说。

男孩低头看着自己，看见所有东西都粘在了他的衬衣上面。

我饿坏了，他说，摇摇头。

你是饿坏了，她大笑着说。

他扒下羊毛衬衣，把它往浴室门那儿一扔。然后他张开双臂，女孩钻进他的怀里。

我们不要再吵架了，她说。

男孩说，不会了。

他从椅子上站起身来，把他们的酒杯倒满。

说完了，他说。故事结束了。我承认这算不上什么故事。

很有趣，她说。

他耸耸肩，端着他的酒来到窗前。天已经黑了，但雪还在下。

事情在变，他说。我不知道它们是怎么变的。但总是在不知不觉中，也不按照你的意愿来变。

对，确实是这样，可是——但她只开了个头，没再说下去。

她搁下了这个话题。从窗子的反光里，他看见她正在摆弄着自己的指甲。稍后她抬起头，欢快地问他究竟打不打算带她参观一下这座城市。

他说，穿上你的靴子，咱们走。

但他仍然待在窗前，回忆着那段往事。他们曾经笑过。他们曾经相互依偎，笑到眼泪都流了出来，而其他的一切——寒冷的天气，以及他将要去的地方——都无关紧要，起码当时是这样。

当我们谈论爱情时我们在谈论什么

我的朋友梅尔·麦克吉尼斯在不停地说话。梅尔·麦克吉尼斯是一位心脏病医生,有时候,这种身份给了他这样说话的权利。

我们四人围坐在梅尔家的餐桌旁喝杜松子酒。从水池后面的大窗户照进来的阳光映满了厨房。四人里有我、梅尔、梅尔的第二任妻子特芮萨(我们叫她特芮)和我的妻子劳拉。那时我们住在阿尔伯克基。但我们都是外地来的。

餐桌上放着冰桶。杜松子酒和奎宁水在我们手中传来传去,不知怎的,我们就谈到爱情这个话题上来了。梅尔认为真正的爱情绝不止于精神上的爱。他说他离开神学院去上医学院时,已经在神学院里待了五年,他说回顾在神学院的那些日子,他仍然觉得那是自己一生中最重要的时光。

特芮说在梅尔之前,和她一起生活的那个男人非常爱她,爱到想杀死她。特芮说:"有一天晚上他揍我,拽着我的脚踝在卧室里拖来拖去。他嘴里不停地说:'我爱你,我爱你,你这个婊子。'他不停地把我在卧室里拖来拖去,我的头不断地磕碰着东西。"特芮看了看大家,"碰到这样的爱情你们怎么办?"

她身材瘦削,有一张漂亮的面孔,深黑色的眼睛,棕色的头发披落到背上。她喜欢戴蓝绿色宝石做的项链和长长垂下的耳坠。

"我的天哪,别犯傻了。那不是爱,你知道的。"梅尔说,"我不知道你该叫它什么,但我知道你绝对不能把它叫作爱情。"

"你爱怎么说就怎么说,但我知道那是爱情,"特芮说,"也许对你来说很疯狂,但它同样是真实的爱。人和人不一样,梅尔。不错,有时他是有些疯狂的举动,我承认。不过他爱我。或许这是他自己的方式,但他爱我。那里面有爱,梅尔。别说没有。"

梅尔呼了口气,端起酒杯转向我和劳拉。"那个人威胁要杀死我。"梅尔说。他喝干杯中的酒,伸手去拿酒瓶。"特芮是个崇尚浪漫的人。特芮是那种踢－我－我－才－知－道－你－爱－我类型的人。特芮，亲爱的，别这副样子。"梅尔把手伸到桌子对面，用手指摸了摸特芮的脸颊。他冲她咧嘴笑了笑。

"现在他想和解了。"特芮说。

"和什么解？"梅尔说，"有什么好和解的？我清楚自己知道什么。就这些。"

"我们怎么就说到这个话题上来了呢？"特芮说。她端起酒杯喝了一口。"梅尔满脑子都是爱情，"她说，"是吧？亲爱的。"她笑了笑。我想这个话题应该结束了。

"我只是不会把艾德的所作所为叫作爱情。我没别的意思，亲爱的。"梅尔说。"你们怎么看？"梅尔转向我和劳拉。"你们觉得那是爱情吗？"

"你问错人了，"我说，"我连那个人都不认识，只是听人提起过这个名字。我怎么会知道。你得知道具体情况。但我想你的意思是说爱情是一种绝对。"

梅尔说："我说的那种爱情是。我说的那种爱情是，你不会想着去杀人。"

167

劳拉说:"我对艾德一无所知,也不了解当时的情况。不过谁又能够评判别人的事情呢?"

我碰了碰劳拉的手背,她冲我轻轻地笑了笑。我握住劳拉的手。它很温暖,指甲光洁,修剪得十分整齐。我用手指攥住她的手腕,把她搂在怀里。

"我离开他时,他喝了老鼠药,"特芮说,双手紧抱双臂,"他们把他送到圣达菲的医院。那时我们住在那里,大约有十英里远。他们救了他的命。但他的牙龈因此变了形。我是说,它们从牙齿上脱开了。自那以后,他的牙齿就像狗牙一样向外凸着。我的天哪。"特芮。她沉默了一会儿,松开两臂,端起酒杯。

"有些人真是什么事都做得出来!"劳拉说。

"他现在消停了,"梅尔说,"他死了。"

梅尔把一小碟酸橙递给我。我拿了一块,把汁挤进酒里,用手指搅了搅冰块。

"后来更糟了。"特芮说。"他朝自己嘴里开了一枪。但他就连这件事也给搞砸了。可怜的艾德。"特芮说着,摇了摇头。

"什么可怜的艾德,"梅尔说,"他非常危险。"

梅尔四十五岁,身材瘦长,满头松软的鬈发,脸和胳膊都因打网球而晒成了棕色。没喝醉的时候,他的每个动作和手势都很精准,非常谨慎。

"可他确实是爱我的,梅尔。你得认同这个,"特芮说,"这是我对你的唯一请求。他爱我的方式和你的不一样。这不是我要说的。但他爱我。你能认同这一点,是吧?"

"你说他给搞砸了是什么意思?"我说。

劳拉端着杯子,身子往前倾。她把双肘搁在桌上,两手握住酒杯。她瞟了眼梅尔,又瞟了眼特芮,坦率的脸上带着迷惑的神情,她等着答案,好像很讶异这样的事情怎么会发生在自己的朋友身上。

"他自杀时怎么给搞砸的?"我说。

"我来告诉你们是怎么回事,"梅尔说,"他用他买的点 22 手枪威胁我和特芮。噢,我没有开玩笑,这家伙老是威胁我们。真该让你们看看那些日子我们是怎么过的。像逃犯一样。我自己甚至买了一支枪。你能相信吗?像我这样的人?但我真的买了,用来自卫,

169

就放在车子仪表板旁的匣子里。有时我不得不在半夜离开公寓去医院,知道吗?我和特芮那时还没结婚。房子、孩子、狗和所有的一切都归了我前妻,我和特芮住在现在这所公寓里。有时,像我说的那样,我会在半夜接到出诊电话,必须在凌晨两三点钟赶到医院。停车场里一片漆黑,我还没走到车子跟前就会吓出一身冷汗来。不知道他会不会从灌木丛里蹿出来或是从汽车后面给我一枪。我是说,这个人疯了。他完全有能力安装一颗炸弹之类的东西。他曾没日没夜地打我的服务专线,说要和医生谈谈,我一回电话他就说:'你这个婊子养的,你没几天活头了。'诸如此类的事情。我跟你们讲,真是太恐怖了。"

"我还是为他感到难过。"特芮说。

"听起来像是一场噩梦,"劳拉说,"可是他开枪自杀后到底怎样了?"

劳拉是一名法律秘书。我们是因为工作关系认识的。不知不觉,我们就好上了。她今年三十五岁,比我小三岁。除了彼此相爱,我们也相互欣赏并愿意在一起待着。她是个容易相处的人。

"后来呢？"劳拉说。

梅尔说："他在屋里朝自己的嘴里开了一枪。有人听到枪响，报告给管家。他们用总钥匙打开房门，看到发生的事情，叫了救护车。他被送来的时候我恰好在医院里。他还活着，但已经没救了。他活了三天，头肿得比正常人大一倍。我从没见过这种情形，我希望这辈子也不要再见到。特芮知道后想去医院陪他。我们为这事大吵了一架。我认为她不该看到他那副样子。我认为她根本就不该去见他，我现在还这么认为。"

"谁吵赢了？"劳拉问。

"他死的时候我在病房里陪着他，"特芮说，"他再也没能醒过来。但我一直陪着他。他没有别的亲人了。"

"他非常危险，"梅尔说，"如果你把那叫作爱情，那就请便吧。"

"那是爱情，"特芮说，"当然，在大多数人眼里那可能不太正常。可是他愿意为它而死。他也确实为它死了。"

"我他妈说什么也不会称它为爱情,"梅尔说,"我是说,没有人明白他为何而死。我见过许多人自杀,我敢说没人知道他们到底为什么自杀。"

梅尔把手放在脖子后面,椅背向后倾斜着。"我对那种爱不感兴趣,"他说,"如果那也是爱情的话,那你就这么觉得吧。"

特芮说:"我们那时很害怕。梅尔甚至立了一份遗嘱,并写信给他在加州做过特种兵的弟弟,告诉他一旦发生不测好去找谁。"

特芮喝着杯子里的酒。她说:"但梅尔说得没错——我们过得像逃犯一样,整天提心吊胆的。特别是梅尔,对吧,亲爱的?我甚至报过警,但警察也无能为力。他们说必须等艾德真的干了什么才能采取行动。是不是很可笑?"特芮说。

她把最后一点酒倒进杯里,晃了晃瓶子。梅尔起身走到橱柜前,又拿出一瓶来。

"嗯,尼克和我知道什么是爱情。"劳拉说。"我是说，对我俩而言。"劳拉说着，用膝盖碰了碰我的膝盖。"现在你该说点什么了。"劳拉说，笑着看我。

作为回应，我拉起劳拉的手举到嘴边，很夸张地吻了一下。大家都被逗笑了。

"我们很幸运。"我说。

"你们两个家伙，"特芮说，"快别那样，真让我恶心。你们还在蜜月期，看在老天的分上。你们还热恋着呢，真是的。等着瞧吧。你俩在一起多久了？有多久？一年？一年多？"

"有一年半了。"劳拉笑着答道，脸上泛起红晕。

"哦，那么，"特芮说，"等着瞧吧。"

她端着酒杯，一动不动地看着劳拉。

"我只是开个玩笑。"特芮说。

梅尔打开杜松子酒，围着桌子给大家倒酒。

"嘿，伙计们，"他说，"咱们干一杯。我建议大家干一杯。为爱情干杯。为真正的爱情。"梅尔说。

我们碰了碰杯。

"为爱情。"我们说。

后院里，一只狗叫了起来。窗前那棵白杨树的叶子轻声拍打着窗玻璃。下午的太阳照射进屋里，光线充沛舒适，将室内照得敞亮，有种如临仙境的感觉。我们再次举起酒杯，冲彼此咧嘴笑着，像群商量好要去干一件大人不让干的事情的孩子。

"我来告诉你们什么是真正的爱情，"梅尔说，"我是说，我会给你们举一个很好的例子。然后你们可以自己下结论。"他又往杯子里倒了些杜松子酒，加了一块冰和一片酸橙。我们一边呷着酒，一边等着他。劳拉和我又碰了碰膝。我把一只手放在她温暖的大腿上，没再挪开。

"我们当中有谁真正懂得爱情吗？"梅尔说，"在我看来，我们只不过是些爱情的新手。我们说我们彼此相爱，这没错，我不怀疑这点。我爱特芮，特芮爱我，你们俩也彼此相爱。你们知道我现在说的这种爱情是什么。肉体上的爱，那种把你驱引向某个特别的人的冲动，还有对另一个人的本质的爱，对他或她的灵魂的爱。肉欲之爱和……好吧，就叫它精神之爱吧，就是每天都关心着另外那个人。但有的时候，我很难接受我爱过我前妻这个事实。可我确实爱过,我知道我爱过。所以我想就这点而言,我很像特芮。像特芮和艾德。"他想了一会儿接着说道:"曾经有一段时间,我觉得我爱我前妻胜过爱我的生命。但现在我从心里恨透了她。我真的是这样。你们对此作何解释呢?那份爱情怎么了?它到底怎么了,这是我想知道的。我希望有人能告诉我。再有就是艾德。好吧,我们又说起艾德了。他那么爱特芮,以至于想杀死她,而最后他自杀了。"梅尔止住话头,吞了一大口酒。"你们俩一起度过了十八个月,你们彼此相爱。从你们的一举一动就能看出来。你们因爱而发光。但是,你们在相遇之前也曾爱过别人。你们也都曾结过婚,就像我们一样。甚至在那之前,你们可能还爱过其他人。特芮和我在一块儿五年了,结婚也四年了。而可怕的事情,可怕的事情是,不过也是件好事,不幸中的万幸吧,你们可以这么说,就是如果我们当中谁出了什么事——请原谅我这么说——但如果明天我们当中谁出了事,我想另一半,另一个人,会伤心一段时间,你们知道的,但很快,活着的一方就会结识新人,再次恋爱，用不了多久就会另有新欢。所有这些，所有这些我们正在谈论的爱情，只不过是一种记忆罢了。甚至可能连记忆都不是。我错了吗？我说得太离谱了吗？如果你们认为我错了，我希望你们立刻指出来。我想知道。我的意思是，我什么也不清楚，我率先承认这一点。"

"梅尔，看在老天的分上。"特芮说。她伸手握住他的手腕。"你醉了吧？亲爱的？你已经醉了？"

"亲爱的，我只是说说话而已。"梅尔说。"行吗？我不必非得喝醉了才能说出我的想法。我是说，我们大家只是随便聊聊，对不对？"梅尔说，目光定在她身上。

"宝贝，我不是在批评你。"特芮说。

她端起她的杯子。

"我今天不值班。"梅尔说。"让我提醒你一下，我不值班。"他说。

"梅尔，我们都爱你。"劳拉说。

梅尔看着劳拉。他看着她，像是认不出她似的，像是她不是从前的她了。

"我也爱你，劳拉。"梅尔说。"还有你，尼克，我也爱你。你们知道吗？"梅尔说。"你们俩是我们的真朋友。"梅尔说。

他端起他的杯子。

梅尔说："我本来想要告诉你们一件事。我是说，我想证明一点。是这样的，这件事发生在几个月前，但现在它还没结束，它会让我们感到羞愧，我们在谈论爱情时，说起来就像知道自己在说什么一样。"

"行了，"特芮说，"没喝醉的话就别说醉话。"

"闭上你的嘴，哪怕就这一次，"梅尔十分平静地说道，"你能不能行行好把嘴闭上一分钟？我要说的事情是，有对老夫妇在州际公路上发生了车祸。一个年轻人撞了他们，他们给撞得稀烂，没人觉得他们能挺过来。"

特芮看了看我们，又回头看着梅尔。她看上去有点紧张，也许用这个词来形容太重了一点。

梅尔把酒瓶沿桌子传了一圈。

"那天晚上正赶上我值班，"梅尔说，"那是五月还是六月的一天。我和特芮刚坐下准备吃晚饭,医院就来了电话,州际公路上发生了这起车祸。喝醉了酒的小伙子,十几岁的小年轻,开着他爸爸的小货车一头扎进了这老两口开的野营车里。这对夫妇七十来岁。这个小伙子——大约十八九岁——没到医院就死了。方向盘刺穿了他的胸骨。这对老夫妇还活着,你们知道,我的意思是,也就剩一口气了。他们遍体鳞伤。多处骨折,内伤,大出血,擦伤,撕裂伤,全了,而且他们俩都得了脑震荡。他们的状况很糟糕,真的。当然,他俩的年龄对他们来说更是双重打击。要说那女的比那男的还要糟。除了以上说的外,她的脾脏也破裂了,双膝膝盖骨折。好在他们系了安全带,天晓得,这才暂时保住了他们的命。"

"伙计们,这是国家安全委员会的广告。"特芮说。"这是发言人梅尔文·R.麦克吉尼斯[①]博士在讲话。"特芮大笑。"梅尔,"她说,"有时你真是太过了。但我爱你,宝贝。"她说。

"亲爱的,我爱你。"梅尔说。

---

① 梅尔文(Melvin)是梅尔(Mel)的全称。

他隔着桌子探身向前,特芮迎着他。他们接了个吻。

"特芮说得没错,"梅尔坐下后说,"系上安全带。言归正传,他们还算有点人形,这两位老人家。我赶到时,那个小伙子已经死了,我之前说过。他就在墙角的一张担架上躺着。我看了一眼那对老夫妇,告诉急救室的护士马上给我找一位神经科专家、一位整形外科医生和两位外科医生来。"

他端起杯子喝了一口。"我会尽量长话短说,"他说,"我们把这两个人抬进手术室,没命地干了几乎一整夜。这两位,他们的生命力简直不可思议。你很少会碰上这样的人。我们尽了一切努力,天快亮时,我们认为他们有百分之五十的生还几率,她的也许还要少一点。就这样,他们第二天早上还活着。于是,我们把他们转到特护病房。待在那儿的两个星期里,他们一直顽强地支撑着,各方面都越变越好。于是我们就把他们转回到他们自己的病房。"

梅尔停了下来。"现在,"他说,"咱们干掉这瓶廉价的杜松子酒,然后去吃饭,好不好?我和特芮知道一个新去处，我们就去那儿，到那个新地方去。不过得先把这瓶廉价的烂酒喝完再说。"

特芮说："实际上我们还没在那儿吃过饭。不过它看起来还不错。从外面看上去，你们懂的。"

"我喜欢食物。"梅尔说。"你们知道吗？如果我这辈子可以重来的话，我想当一名厨师。是吧,特芮？"梅尔说。

他笑了起来。用手指搅了搅杯子里的冰块。

"特芮知道，"他说，"她可以告诉你们。不过，让我来说。如果我可以转世投胎到一个不同的年代，你们知道吗？我想投胎成一名骑士。因为穿着那身盔甲你会感到很安全。在枪和火药发明之前，做一名骑士还是不错的。"

"梅尔想骑着马，拿着根长矛。"特芮说。

"走哪儿都带着一条女人的头巾。"劳拉说。

"或一个女人。"梅尔说。

"真不害臊。"劳拉说。

特芮说："假如你转世成一个农奴呢。那年头农奴的日子可不好过。"

"农奴的日子从来就没好过过，"梅尔说，"但我估计就连骑士也是某个人的扑人①。难道不是这样吗？实际上，每个人都是某个人的扑人。不是吗，特芮？但我之所以喜欢骑士，除了他们的女人外，还因为那一身盔甲，要知道，他们不会轻易受到伤害。那会儿没有汽车，明白吗？不会有喝醉的年轻人来撞你的车屁股。"

"仆人。"特芮说。

"什么？"梅尔说。

"仆人，"特芮说，"他们叫仆人，不是扑人。"

"仆人，扑人，"梅尔说，"有他妈的什么差别？你反正知道我的意思。行了。"梅尔说。"我没文化。我学会了我的那点玩意儿。我是心脏外科医生，没错，但我只是个修理工。我走进手术室里乱整一气，把东西修修好。他妈的。"梅尔说。

---

① 这里梅尔想说"骑士也是某个人的仆人"。"仆人"对应的英文为"vassal"，梅尔把它说成了"vessel"。Vessel 中文翻译为"容器、船"，此处按别字处理，翻译为"扑人"。

"没见你这么谦虚过。"特芮说。

"他只不过是个谦虚的操刀医生。"我说,"不过梅尔,他们有时会闷死在那身盔甲里。如果里面太热而他们又累又乏的话,他们甚至会心脏病发作。我读到过他们会从马背上摔下来,爬不起来了,因为那副盔甲让他们累得站都站不起来。他们有时会被自己的马踩在脚下。"

"那太可怕了,"梅尔说,"那是件很恐怖的事情,尼基①。我猜他们只好躺在那儿等着,直到有人出现,把他们做成烤羊肉串。"

"其他的扑人。"特芮说。

"正是,"梅尔说,"一些仆人会过来把这个狗杂种刺死,以爱的名义,或是以那些他们那时为之而战的狗屁东西。"

"和我们现在为之而战的东西一样。"特芮说。

劳拉说:"什么都没变。"

劳拉的脸颊还是红红的。她的眼睛发亮。她把杯

---

① 尼克(Nick)和尼基(Nicky)都是尼古拉斯(Nicolas)的昵称。尼基更亲密一点。

子送到嘴边。

梅尔又给自己倒了杯酒。他仔细地看着标签，像是在琢磨一长串数字。然后他慢慢地把酒瓶放在桌上，又慢慢地伸手去拿奎宁水。

"那对老夫妇怎样了？"劳拉说，"你开了头的故事还没讲完。"

劳拉点不着烟，她的火柴老是熄掉。

屋内的光线和刚才不一样了，变得越来越暗淡。但窗外的树叶还在闪闪发亮。我凝视着它们映射在窗玻璃和富美家牌柜台上的图案。当然，它们和先前映下的纹理不一样了。

"那对老夫妇怎样了？"我说。

"更老但也更有智慧了。"特芮说。

梅尔瞪着她。

特芮说："继续讲你的故事，宝贝。我只是开个玩笑。后来怎样了？"

"特芮，有的时候。"梅尔说。

"梅尔,别这样，"特芮说,"别总这么严肃,亲爱的。

连个笑话都受不了？"

"哪儿好笑了？"梅尔说。

他握着杯子，目不转睛地看着他的妻子。

"后来呢？"劳拉说。

梅尔将目光定在劳拉身上。他说："劳拉，假如我没有特芮，假如我不是这么爱她，假如尼克不是我最好的朋友，我会爱上你的。我会把你拐走，亲爱的。"他说。

"讲你的故事，"特芮说，"然后我们就去那个新地方，可以吗？"

"可以。"梅尔说。"我说到哪儿了？"他说。他盯着桌子看了会儿，然后又开口了。

"我每天都顺便过去看看他俩，有时一天两次，如果我恰好在那儿有别的事情的话。石膏和绷带，从头到脚，两人都这样。你们知道的，就像在电影里看到的那样。他们就是那副样子，跟电影里的一模一样。只在眼睛、鼻子、嘴那儿留了几个小洞。除此之外，她还必须把两条腿吊起来。她丈夫抑郁了好一阵子。即使在得知他妻子会活下来后，他的情绪仍旧很低落。

但并不是因为这场事故。我是说，事故只是一方面，但不是所有。我贴近他嘴那儿的小洞，他说不，不完全是这场事故让他伤心，而是因为他无法从眼洞里看到她。他说那才是使他如此悲伤的原因。你们能想象吗？我在告诉你们，这个男人的心碎了，因为他不能转动他那该死的头来看他那该死的老婆。"

梅尔看了看大家，想要说点什么，又摇了摇头。

"我的意思是，只是因为他无法看见那个该死的女人，这简直要了那个老狗屁的命。"

我们都看着梅尔。

"你们明白我说的吗？"他说。

也许这时候我们都有点醉了。我很难把注意力集中起来。阳光正从房间里消退，从它进来的那个窗子撤离。尽管如此，没有人从桌旁起身去打开顶灯。

"听着，"梅尔说，"我们先喝完这该死的杜松子酒。剩下的刚好够每人一杯。然后我们去吃饭。我们去那个新地方。"

"他情绪不太好，"特芮说，"梅尔，你为什么不吃片药？"

梅尔摇了摇头。"我什么都吃过了。"

"谁都有需要药片的时候。"我说。

"有些人生来就需要它们。"特芮说。

她在用手指刮蹭桌子上的东西，稍后，她停了下来。

"我觉得我想给我的孩子们打个电话。"梅尔说。"你们都不介意吧？我去给我的孩子打电话。"他说。

特芮说："要是玛乔里接电话怎么办？你俩听我们说过玛乔里的事吧？亲爱的，你知道你不愿意跟玛乔里说话的。那只会使你更加难受。"

"我不想和玛乔里说话，"梅尔说，"但我想和我的孩子们说话。"

"梅尔没有一天不唠叨这件事，他希望她再嫁人，要不就死掉。"特芮说。"不说别的，"她说，"她正在拖垮我们。梅尔说她不结婚是为了故意刁难他。她有个男朋友，跟她和孩子们住在一起。所以，梅尔也在养着她的男朋友。"

"她对蜂毒过敏，"梅尔说，"如果我不祈祷她再婚，我就祈祷她被一群该死的蜜蜂蜇死。"

"真不要脸。"劳拉说。

"嗡嗡嗡嗡嗡嗡嗡——"梅尔用手指作蜜蜂状在特芮的喉咙上比画着。然后他将双手垂到身子两旁。

"她很邪恶,"梅尔说,"有时我真想装扮成一个养蜂人去找她。你知道吗?戴着那种像头盔一样的帽子,有可以放下来遮住脸的挡板,大手套和防护服。我会去敲门,把一窝蜜蜂都放到她屋子里去。当然,我得首先确保孩子们都不在家。"

他把一条腿跷到另一条腿上,看上去他费了很大的劲。然后,他把两只脚都放在地板上,身体前倾,手肘支在桌子上,用双手托住下巴。

"要不我还是不给孩子们打电话了,这恐怕不是什么好主意。不如咱们直接去吃饭吧,怎么样?"

"听起来不错,"我说,"吃或者不吃,或者接着喝。我可以现在就出发,向落日走去。"

"那是什么意思,亲爱的?"劳拉说。

"就是我说的字面意思,"我说,"就是说我可以就这样继续下去。就是这么个意思。"

"我可要吃点东西,"劳拉说,"我想我这辈子从来没这么饿过。有什么可以垫垫的?"

"我去拿点奶酪和饼干。"特芮说。

但特芮只是坐在那儿。她没有起身去拿任何东西。

梅尔把他的酒杯倒扣过来,酒洒在了桌子上。

"酒没了。"梅尔说。

特芮说:"现在干吗呢?"

我能听见我的心跳。我能听见所有人的心跳。我能听见我们坐在那儿发出的声响,直到房间全都黑了下来,也没有人动一下。

还有一件事

L.D.的老婆玛克辛晚上下班回家后发现他又喝醉了，正对着他们十五岁的孩子蕾骂骂咧咧，她让他滚出去。L.D.和蕾当时正坐在餐桌旁争吵。玛克辛都没来得及放下包和脱掉外套。

蕾说:"告诉他,妈妈。告诉他我们说的话。"

L.D.转了转手中的杯子,但没有喝。玛克辛用愤怒不安的眼神盯着他。

"最好别把你的鼻子往你不知道的事情上凑。"L.D.说。L.D.说:"我无法把整天坐在那儿读占星术杂志的人当回事。"

"这和占星术无关,"蕾说,"你没必要来侮辱我。"

说到蕾,她已经有两周没去上学了。她说谁都不能强迫她去。玛克辛说这是低收入家庭一连串不幸中的又一个不幸。

"你俩都给我闭嘴！"玛克辛说，"我的天哪，我的头已经大了。"

"告诉他，妈妈，"蕾说，"告诉他是他脑子有问题。但凡有点常识的人都会告诉你问题就出在那儿！"

"那糖尿病呢？"L.D.说，"还有癫痫症？大脑能控制那个吗？"

他在玛克辛的眼皮底下举起酒杯，喝干了它。

"糖尿病也一样，"蕾说，"癫痫症，任何一切！告诉你，大脑是人体中最有威力的器官。"

她拿起他的烟，给自己点了一根。

"癌症。癌症呢？"L.D.说。

他觉得他可能把她给难住了。他看着玛克辛。

"我不知道我们怎么就扯上这个了。"L.D.对玛克辛说。

"癌症。"蕾说，为他的愚蠢摇摇头。"癌症也一样，癌症也是从大脑开始的。"

"简直疯了！"L.D.说。他用手掌拍了一下桌子。烟灰缸跳了起来。他的杯子倒下来，滚到了地上。"你疯了，蕾！你自己知道吗？"

"闭嘴！"玛克辛说。

她解开外套的纽扣，把包放在台子上。她看着L.D.，说道："L.D.，我受够了。蕾也是。所有认识你的人都是。这件事我想了很久了。我要你从这里搬出去。今晚。就现在。就这一刻。立马从这里滚出去。"

L.D.哪儿都不打算去。他把目光从玛克辛转向中午起就在桌上放着的那罐酸黄瓜。他拿起罐子，把它从厨房窗户扔了出去。

蕾从椅子上跳起来。"天哪！他疯了！"

她走过去站在她母亲身边。她微微用嘴吸了口气。

"打电话叫警察。"玛克辛说。"他有暴力倾向。快离开厨房，别让他伤着你。给警察打电话。"玛克辛说。

她们退出了厨房。

"我走，"L.D.说，"好，我现在就走。"他说："这正合我意。反正你们都是一群疯子，这里就是个疯人院。外面还有别的生活。相信我，这里的生活可不轻松，这个疯人院。"

他的脸能感受到从窗户上的破洞吹进来的风。

"那就是我要去的地方。"他说。"外面。"他一边说一边指了指。

"好极了。"玛克辛说。

"好,我走。"L.D.说。

他使劲拍了一下桌子。他把椅子猛地往后一推。他站了起来。

"你们再也见不到我了。"L.D.说。

"你已经给我留下足够多的记忆了。"玛克辛说。

"那就好。"L.D.说。

"走呀,滚出去。"玛克辛说,"是我在付这儿的房租,我要你走。就现在。"

"我在走。"他说。"别逼我,"他说,"我在走。"

"走呀。"玛克辛说。

"我这就离开这个疯人院。"L.D.说。

他进到卧室,从壁橱里取出她的一个行李箱。这是个旧的白色人造革箱子,其中一个扣环已经坏掉了。她曾往里面装满毛衣,带着它去上大学。他也上过大学。他把箱子扔到床上,开始往里面放他的内衣、他的长裤、他的衬衣、他的毛衣、他的带有铜扣的旧皮带、他的袜子和他所有其他东西。他从床头柜上拿了几本杂志以供阅读。他拿了烟灰缸。只要塞得进去，他把能放的东西都放进箱子里了。他扣紧那个好的扣环，捆好带子，然后他想起了他的洗漱用品。他从橱架上她帽子的后面找到了一个塑料剃须袋，放进他的剃须刀、他的剃须膏、他的爽身粉、他的止汗棒和他的牙刷。他还拿走了牙膏。然后他拿走了牙线。

他能听见她们在客厅里低声交谈。

他洗了把脸，把肥皂和毛巾放进剃须袋。随后，他又放进了肥皂盒、水池边上的杯子、指甲剪和她的睫毛夹。

他无法合上剃须袋，但这没关系。他穿上外套，拎起行李箱。他走进了客厅。

看见他时，玛克辛搂住了蕾的肩膀。

"就这样了。"L.D.说。"这就是再见了。"他说。"除了说我大概以后再也不会见到你以外，也没什么好说的了。你也一样，"L.D.对蕾说，"你，还有你那些疯狂的念头。"

"走呀。"玛克辛说。她抓住蕾的手。"你对这个家的伤害难道还不够多吗？别停下来呀，L.D.。从这里滚出去，让我们过几天安稳日子。"

"别忘了，"蕾说，"你脑子有问题。"

"我在走，我能说的就这些了。"L.D.说道。"随便去哪儿。远离这个疯人院，"他说，"这是最关键的。"

他最后环视了一圈客厅，然后他把箱子从一只手换到另一只手，又把剃须袋夹在胳膊下面。"我会保持联络的，蕾。玛克辛，你自己最好也离开这个疯人院。"

"你把这里变成了疯人院，"玛克辛说，"如果这里是疯人院，那也是你造成的。"

他放下箱子，把剃须袋放在箱子上面。他直起身来，面对着她们。

她们向后退了退。

"当心点，妈妈。"蕾说。

"我不怕他。"玛克辛说。

L.D.把剃须袋夹在胳膊下面,拎起了箱子。

他说:"我只想再说一件事。"

但他想不起来是什么事了。

图书在版编目(CIP)数据

当我们谈论爱情时我们在谈论什么／(美)雷蒙德·卡佛著；小二译. -- 海口：南海出版公司，2020.11
 ISBN 978-7-5442-9198-9

Ⅰ.①当… Ⅱ.①雷… ②小… Ⅲ.①短篇小说-小说集-美国-现代 Ⅳ.① I712.45

中国版本图书馆CIP数据核字(2020)第053652号

著作权合同登记号　图字：30-2019-135
WHAT WE TALK ABOUT WHEN WE TALK ABOUT LOVE
Copyright © Raymond Carver, 1981
Copyright © Tess Gallagher, 1989
All rights reserved

当我们谈论爱情时我们在谈论什么
〔美〕雷蒙德·卡佛 著
小二 译

出　版	南海出版公司　(0898)66568511
	海口市海秀中路51号星华大厦五楼　邮编 570206
发　行	新经典发行有限公司
	电话(010)68423599　邮箱 editor@readinglife.com
经　销	新华书店
责任编辑	黄宁群
特邀编辑	刘丛琪　陈蒙
营销编辑	王蓓蓓　梁颖　刘治禹
装帧设计	韩笑
内文制作	王春雪
印　刷	北京盛通印刷股份有限公司
开　本	850毫米×1092毫米　1/32
印　张	6.5
字　数	85千
版　次	2020年11月第1版
印　次	2024年3月第3次印刷
书　号	ISBN 978-7-5442-9198-9
定　价	49.00元

版权所有，侵权必究
如有印装质量问题，请发邮件至zhiliang@readinglife.com